吉本隆明の帰郷

石関善治郎

思潮社

吉本隆明の帰郷

石関善治郎

思潮社

目次

父祖の地——天草へ

魚津——敗戦の原点へ

吉本家関連写真提供＝吉本家
装幀＝髙林昭太

吉本隆明の帰郷

父祖の地――天草へ

記号の森をゆく

I

ある世代の人々にとって吉本隆明の名は、自らの生き方に決定的な影響を与えた思想家としてあるだろう。そして、その人々のうちの多くは、また、詩人としての吉本隆明の言葉に心動かされた体験をもつのだ。その詩は、たとえば、学園紛争のさなか、凍てつく路上を歩む胸に響いていた、「ぼくはでてゆく／冬の圧力の真むかうへ／ひとりつきりで耐えられないから／たくさんのひとと手をつなぐといふのは嘘だから（略）／ぼくはでてゆく」（「ちひさな群への挨拶」）であり、あるいは、都会の夕暮れ、ひとりの胸に甦る一篇、「佃渡しで娘がいつた／〈水がきれいね　夏に行つた海岸のように〉／そんなことはない　みてみな」（「佃渡しで」）であったりするだろう。吉本隆明の巨大で深い思想にふれ、激しい言説に身を揺さぶられるたびに、一方で、この人の書く詩の一節が、私たちの、この人へのゆるぎない信頼感を支えていることに気付くのだ。

そんな多くの読者にとって、昭和六十一（一九八六）年十二月に刊行された詩集『記号の森の伝説歌』（角川書店）は、どのようなものとして受け止められていただろうか。時はあたかもバブル経済に突入しようとし、浮き立つような世の空気のなかで、吉本隆明から私たちの許へは、『マス・イメージ論』（福武書店、一九八四年七月）、『対幻想――n個の性をめぐって』（春秋社、一九八五年一月）、「ハイ・イメージ論」の連載開始（「海燕」、一九八五年七月）、『重層的な非決定へ』（大和書房、一九八五年九月）などの時代の指標となるべき仕事が届けられていた。

そんななか、雑誌「野性時代」に八年に渉って連載された連作詩篇が、長編詩として刊行される。「信貴山縁起」の図柄で装丁したケース付きの造本には、独特のニュアンスがあり、詩集のタイトルと相まって、これまでにない吉本隆明の世界を提供しているように思えたのだ。そこにあるのは、従来の、単純でありながら深く厳密な論理と抒情性といった心地良さではなかった。書き手の世界が直截に伝わるというのではなく、いわば詩自体が語っている世界。読み手は、言葉の一つ一つに耳を傾けてゆかねばならない。聞くことが読む意味であるような、不思議な味わいの詩集であった。

じぶんが鳥だと知ったら
ひとであるじぶんの死が　じつは
鳥の死なのを知ったら
哀《あわ》れむ世界の眼《まな》ざしを
けげんそうに視《み》つめるだろう

じぶんにはひとの死にみえるのに
空は鳥の死を運んでいる
（略）
水は潜《くぐ》る
髪《かみ》のなかに梳《す》かれた矢印《やじるし》みたいに
見え隠《かく》れ　淵を探して
さきに　なによりもさきに
魚はエロスの部屋にはいる
ちびた鉛筆《えんぴつ》のさきに　文字が
ひとつひとつ水の肩《かた》をつくる
視えない母の衣《ころも》が脱げおちる

（「Ⅵ　比喩歌」）

この詩集には、さらなる特色があった。一つには、鳥、水、魚、舟、木、母といった語が頻出すること。次に、準備なく接したなら理解できないだろう言葉が少なからず見て取れることだ。

①もう分倍河原《ぶばいがわら》のいくさ場に／陽《ひ》が沈《しず》みかかる／姉が死にちかい結核療養所《けっかくりょうようじょ》「厚生荘《こうせいそう》」／やっと先陣《せんじん》を斬《き》りぬけてきた／「京王《けいおう》」の時刻表《じこくひょう》に間にあうだろうか

（「Ⅵ　比喩歌」）

②ちょうど一丁目二十六番地まで／そのとき生まれたとすれば　祖父は／よく切れる刃物《はもの》みたいな声で／孫《まご》の音階を切り裂《さ》くと／市街図《しがいず》の幻《まぼろし》を　しずかにたたんだ　（「Ⅶ　演歌」）

③いまは魔《ま》が過ぎるときだ　兄弟姉妹《きょうだいしまい》よ／おたがいにおなじ白土の粉　おなじ灰《はい》から／できあがった鋳型《いがた》だ　村の／肝《きも》いり役アンドレ権次《ごんじ》が／必死にとめている／逸楽《いつらく》とかんがえられた／子供たちの旅立ちを（略）ビショップ・エミの日録《にちろく》から　ひらひらと／舞《ま》いあがった風　囁《ささや》き／言葉のなかを攻《せ》めていった土民兵たち　（「Ⅳ　俚歌」）

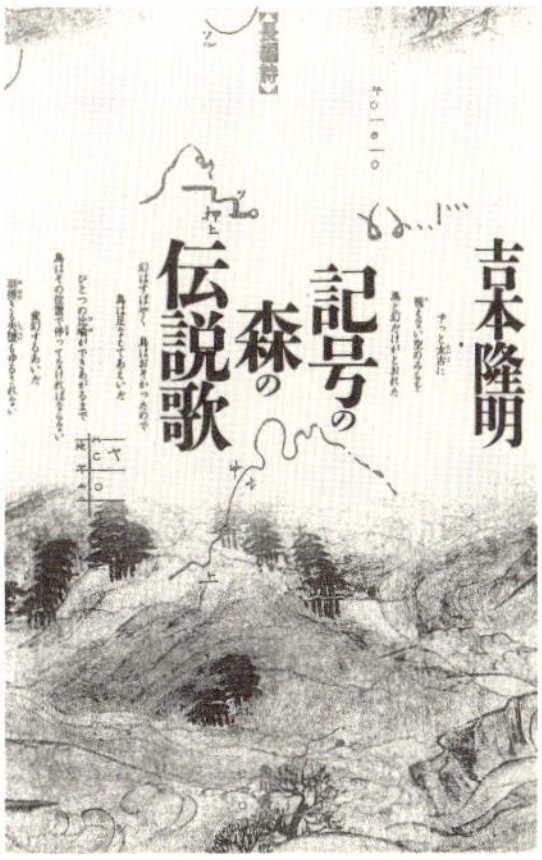

①の「厚生荘」は、京王帝都電鉄・聖蹟桜ヶ丘駅が最寄駅の結核療養所「厚生荘療養所」で、隆明の姉の吉本政枝は、ここで、昭和二十三（一九四八）年一月に死んでいる。隆明に「姉の死など」（『初期ノート増補版』所収、試行出版部、一九七〇年八月）のエッセイがある。②の「一丁目二十六番地」は、吉本一家が東京で長く本籍地としてきた地番「京橋区新佃島西町一丁目二十六番地」だ。③の「エミ」は昭和四十六（一九七一）年七月に没した隆明の母の名、「権次」は隆明が十歳の時死去した祖父の名だ。

以上の①から③を、果たしてどれほどの人が知っているだろうか。地名・人名が使われるのは、詩作品では特別のことではない。歌謡曲がそうであるように、詩情を喚起するものとして人名、土地の名は有効なものだ。が、詩情が喚起されるには、その名前の意味が、同時代を生きる人々に共通のこととして了解されていることが前提となる。「一丁目二十六番地」「厚生荘」「エミ」「権次」は、果たして共通の理解が可能か。書き手には切実な、あるいは馴染んだ事象が、読み手にはさしたる意義を持たない。ここでは、感情の喚起は書き手にとって大きく、読み手にとっては少ないであろう。

隆明は、何を試みようとしたのか。この詩集については、つとに吉田文憲の優れた分析があり、芹沢俊介の深い考究がある。いま仮にそれらが教えるところに従えば、詩集は、初期の自己探求の詩「固有時との対話」「日時計篇」に連なりつつ、いわば、魂の還るべき場所を尋ねる作品と分かる。〈私〉をさかのぼり、未生以前の世界をたどる。〈想い〉は言葉に託されて〈伝説歌〉となる。

さて、そのような作品世界を前に、詩人の実生活を知ろうとする者が留意すべきは、作品と実生活の事象を安易に結びつけてはならないということだろう。その注意を払いつつ、なすべきは、言葉に託された、言葉が孕む、書き手にとっての〈意義〉を感得していくこと、背景の記憶を掘り下げてゆくこと、であろう。そこで、さらに、この詩集に特徴的な語彙を指摘してゆけば、次のようなものになる。

「踏み絵」、「イエズス修道会」、「兵士ペテロ」、「聖日曜日」、「殉教博物館」。

これらが「キリシタン」と呼ばれる歴史事象を指し示しているのは見やすい。長崎、天草、島原、平戸、五島列島といった九州西部地域と、この詩集の書き手とはどんなつながりがあるのか。吉本一家が、大正の終わり、熊本県天草から東京へ出奔してきたことは、隆明が度々触れるところだ。

うちは天草で船つくりの造船主と製材業をやっていました。それが第一次大戦後の不況でぶっ倒れちゃった。借金を返せず、ほとんど夜逃げ同然で、東京へ来た。

（『幼年論――21世紀の対幻想について』彩流社、二〇〇五年六月）

吉本家が天草から上京したのは大正十三（一九二四）年の四月。上京した一家は、東京市京橋区（現・東京都中央区）月島に住み、やがて隣の新佃島に移る。隆明の父・順太郎は苦労の末に小さな造船所とボート屋を始める。隆明が十歳になるまで祖父・権次、祖母・マサが元気でおり、家の中には天草弁が飛び交っていた。

この詩集『記号の森の伝説歌』が、多く吉本隆明の父祖の地、天草を〈伝説〉の舞台にしていることに、私たちは、こうして気づく。

2

書かれたものと談話、諸状況から判断すると、隆明はその半生に、父祖の地、天草を二度訪れている。その二度目は、この詩集に収められた長編詩が書かれている最中に当たる。

雑誌「野性時代」（角川書店）一九七五年十月臨時増刊号に一篇の詩を書いたことが縁となり、約半年後の一九七六年五月号から一九八四年三月号まで、隆明は、同誌に連作詩篇を掲載する。そして、連作六十五篇のうち二十五篇に至った昭和五十五（一九八〇）年六月、編集者の渡辺寛の企画に沿って、隆明は、九州へ三泊四日の旅に立つ。その旅行がどのようなものであったか、渡辺寛が作った詳細なスケジュール表で知ることができる。A４用紙で七枚。手書きで綿密に書かれたこの冊子の表紙には、次のようにある。

「吉本隆明先生／佐賀での講演及び〈連作詩篇〉のための／玉名・天草取材旅行日程表／昭和55年6月21日〜24日」

標題のごとく、この旅の大きな目標のひとつは、佐賀での講演にあった。佐賀の「近代文学研究会」二〇〇回記念の講演に招かれたのだ。前記渡辺の予定表を、この講演を収録した佐賀の文芸雑誌「城」四十九号（城同人会、一九八〇年九月）の注記に徴すれば、会場は、佐賀市民会館。六月二十一日午後二時開演。「千人を越える聴衆が市民会館の大ホールをうずめて」の大盛況。隆明は一時間半の講演ののち二時間余の交流会、さらに午後十時過ぎまで懇親会に参加している

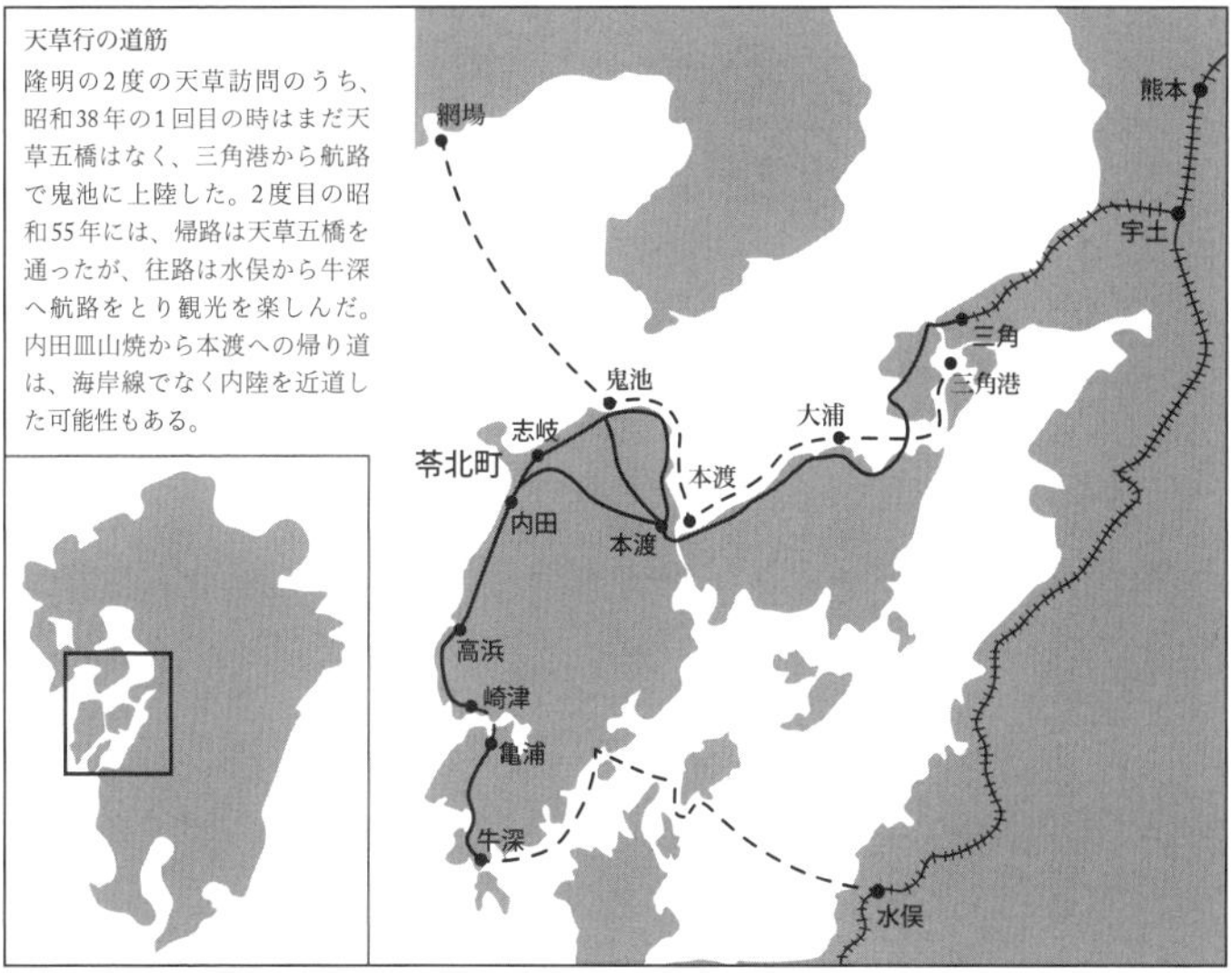

天草行の道筋
隆明の2度の天草訪問のうち、昭和38年の1回目の時はまだ天草五橋はなく、三角港から航路で鬼池に上陸した。2度目の昭和55年には、帰路は天草五橋を通ったが、往路は水俣から牛深へ航路をとり観光を楽しんだ。内田皿山焼から本渡への帰り道は、海岸線でなく内陸を近道した可能性もある。

（講演「生きることについて」は改題の上『言葉という思想』に所収、弓立社、一九八一年一月）。

さて、この九州への旅には、渡辺氏のほかに三人の同行者がいた。早い時期から吉本隆明の出版を手掛け、隆明の講演を収録し続けてCD化したことでも知られる編集者、弓立社社長宮下和夫、画期的方法で人文書の販路を拓いた書店員、芳林堂書店池袋本店次長（いずれも当時）の江口淳、そして、もうひとりの同行者は、吉本隆明夫人の和子だ。五人は、佐賀に一泊した翌日、船で天草に渡った。熊本と天草の間には昭和四十一（一九六六）年九月、すでに、天草五橋がかかっている。陸路を選ぶこともできたはずだが、鹿児島本線を南に下り水俣港から海路を牛深に渡っている（地図を参照）。陸路でなく海路をとって天草の南の端の牛深に入ったのは、「良く考えられたコース」、と同行した江

亀浦から崎津に向かうチャーター船で。左から吉本隆明、吉本和子、宮下和夫、渡辺寛（撮影＝江口淳）

口は言う。偶然のことだが、江口の母は牛深市（旧）内の久玉町の出身、江口も母の疎開先の久玉町で生まれている。天草はいわば郷里なのだ。牛深から島の南西の海岸線を、チャーター船で北へ上がっていく渡辺寛の組んだ予定表が素晴らしいのは、「海岸線沿いに海からみる島は美しいし、キリシタンの史跡も多い」からと江口は言う。

水俣・牛深には、観光客を見込んで江崎汽船の高速船が就航。前年から、改良を重ねた「高速船ガルーダ5号」が運航していた。航行時間一時間二十分。ホテルに入った一行は、夜は江口の親類の人の薦める料理屋に行ってくつろいだ。翌朝、牛深地区を縦断するようにタクシーで北に向い、亀浦港へ。チャーターしておいた船で崎津の港に入る。予定表では崎津から高浜までタクシーで行き、高浜港から再び船で海岸沿いを北へ上っていく計画だったが、天候が悪い。崎津でキリシタン史跡の崎津天主堂ほかを見て時間を過ごしたあと、吉本夫妻と渡辺の組、宮下・江口組は別行動をとる。吉本夫妻と渡辺を乗せたタクシーは近くの高浜焼の窯元を訪ね、さらに足を延ばして、このころ知られ始めた内田皿山焼の窯元を訪ねている。

渡辺の話によれば、窯元を回ったのは和子夫人が焼き物好きであったからで、佐賀でも有田焼の窯元に案内していた。が、隆明にも関心事であったと分かるのは、旅の思い出として、この内田皿山焼を訪ねたときのことを語っているからだ。「タコつぼを作るのが本業で、器などは余技でやっているという感じなのです。ただ、ショーケースを見ていたら気にいったのがあったので、これがほしいと言ったら、これは非売品だ、何賞とかをとったものだからダメだといわれて」と隆明は楽しそうに話したのだ（二〇〇五年九月の談話）。

さて、ここで注意したいのは、この窯元、内田皿山焼のある場所は隆明の祖父・父が住んでいた苓北町の町内であるということだ。苓北町は、天草諸島最大の島＝天草下島の北西の突端に位置し、東西約十キロ、南北約十二キロ、人口約八千人。富岡城跡、富岡港を持つ富岡など四つ町村が合併してできた町で、本渡市（旧）にとって代わられるまでは天草の中心であった。

天草の吉本家を知る手がかりは戸籍にある。「熊本県天草郡志岐村大字志岐又四十番地の六」。上京して新佃島西町一丁目二十六番地に移すまでは、吉本家の本籍であり、おそらくは住まいであったろう地番だ。苓北町志岐は海に向けて開けたところ。一方、内田皿山焼の窯元のある内田は、やや奥まった処にある集落だ。離れているようにも思えるが、両者のあいだは距離にして二キロ、車で移動するなら五分とかからないだろう。しかも志岐は、一行のその夜の宿泊地、本渡への道筋にあるのだ。前述したように、隆明は、以前にも天草を訪れている。自然な流れとして、渡辺寛と夫人をいざなって家の跡を案内し、あるいは、訪ねたことがあるなら親戚の家に立ち寄っても良さそうに思う。この旅が、あの「野性時代」連載の連作詩篇の取材であるなら、天草を訪ねた目的の一つに、父祖の跡をおとなう、故郷の親戚を訪ねるという項目があってもおかしくないくらいだ。が、渡辺の予定表には元よりなく、夫人の記憶を尋ねても、その様子はない。

隆明が初めて天草を訪れたのは、二度目のこの訪問の十七年前のこと。そのとき天草で、隆明は何を体験し、何を見たのであろうか。

3

昭和三十八（一九六三）年十一月、隆明は、講演のために熊本市と福岡市へ行く。これ以降、講演を頼まれることが増え、そのうちの多くが地方の大学あるいは地方の文学グループ、というケースが目立っていくのだが、その嚆矢といったところだろう。

講演会は、熊本市、福岡市いずれも谷川雁と吉本隆明の合同のもので、招いたのは、福岡が九州大学、熊本は「新文化集団」というグループだ。熊本の「新文化集団」は、県庁の職員・高浜幸敏（のち熊本県伝統工芸館館長）らの文芸同人「蒼林」と、渡辺京二（評論家）の主宰する雑誌「炎の眼」が合体するかたちで昭和三十六（一九六一）年暮れに結成された。渡辺の話によれば、同年十〜十一月頃、二つの団体は共同で谷川雁を講演に招く。かねてから「蒼林」との合併を望んでいた渡辺が、この講演会をきっかけに合併の話を進め、誕生したのが「新文化集団」だという。

このような経緯を持つ「新文化集団」が、単なる文芸同人に止まるはずはなかった。メンバーであった魚津郁夫（当時、熊本大学助教授、現・同大学名誉教授）の話を聞き、同集団の機関誌「地方」創刊号を読むと、自分たちの土地にあって文化活動を担おうという志ある集団であったことが分かる。事実、結成の翌年、鶴見俊輔創刊の「思想の科学」が地方特集を計画した際には、熊本特集の、企画から編集までを請け負っている（同誌十二月号）。

谷川雁・吉本隆明の講演は、こうした背景があって企画されたことだ。谷川雁はつながりがあるから良いが、吉本隆明を呼ぶにはどうするか。幸いなことに、このとき、創立メンバーの渡辺京二が「日本読書新聞」の編集者として東京にいた。渡辺は深い尊敬をもって隆明に接し、よく隆明の住まいを訪ねていた。所用をつくり上京した高浜をともなって渡辺は隆明に会い、快諾を得たのだ。

講演会は、十一月十九日午後六時から行われた。講演のあと、隆明は高浜らと慰労会に出席。その晩は高浜幸敏の家に泊まった、といえるのは、高浜は故人となったが、魚津郁夫が高浜から〈吉本が自分の家に泊まった〉と聞いているからだ。

さて、この講演「状況への発言」（原題）の冒頭で、隆明は、自身が天草の出身であることに触れて、次のように言っている。

（九州人の特色をあげると）もうひとつは親孝行という点、――ぼくもじつは親孝行することも目的としてこんどきたわけで、四、五日中には天草にいって墓参りをすましてくるつもりです

が（略）。　　（「情況への発言」、『情況への発言――吉本隆明講演集』所収、徳間書店、一九六八年八月）

言葉の通り、隆明は天草に渡った。「天草五橋」として知られる海を跨ぐ橋はまだ出来てはいなかった。熊本から鹿児島本線‐三角《みすみ》線に乗って三角駅まで行き、三角港から航路をとって天草に入ったと思われる（19頁地図参照）。

夜逃げと二つの吉本造船所

1

吉本隆明の最初の天草訪問は、昭和三十八年十一月、隆明が三十九歳の誕生日（十一月二十五日）を迎える直前のことだ。文筆業で身を立てる目安は付いたとはいえ、七年余続けている特許事務所の仕事はやめていない。家族は妻・和子と長女・多子《さわこ》、住まいは、台東区谷中初音町の木造二階建ての二階部分の借間。一家を挙げて故郷・天草から東京に出てきて約四十年。祖父・権次、祖母・マサは上京十一年目に死んだが、父・順太郎と母・エミは、建築業を営む隆明の弟・冨士雄の葛飾区お花茶屋の家に健在だ。さて、熊本へ講演で行くことが決まったとき、隆明と両親の間に次のようなやりとりがあった。

後年お喋り（講演――石関註）のついでに、一度郷里がどんなところか見ておきたい、旅行に行くかといっても、父は頑として行く気はないといった。母は行きたそうにしたが、それでも遠慮した。わたしが蓄財にたけていて、父に、出奔して東京へきてしまったときの倒産の借財をきれいにし、なお旦那風の振舞いができるだけの余裕をあたえられたら、たぶん帰郷に同意したろう。

（『父の像』筑摩書房、一九九八年九月、ルビは省略した——以下同）

僕自身、天草へは二度行ったことがあります。一度目は、まだ親父が生きていたときで、九州へ用事で行くからついでに天草へ寄ってくるかもしれないと言うと、どこの家も信仰が厚いから、挨拶をすませたらすぐ仏壇を拝ませてもらいたいって言えと訓戒されました。

（「「遠い自註」にうかぶ舟——インタビュー「『記号の森の伝説歌』について」」、「現代詩手帖」二〇〇三年十月号）

隆明が筆者のインタビューに応え語ったところでは、このとき、隆明は、父・吉本順太郎から訪ねるべき家を指定されている。それは、

①吉本家が世話になった近所の山口家。
②父方の親類、吉本ヨシタカの家。
③母方の親類。

の三軒であった。

隆明は、父の言いつけのままにこの三軒の訪問を実行している。が、②について、食堂だった、ヨシタカは「由」に「栄」と書く、といった断片的情報しかないのでも分かるように、三軒の家の住所も、どのような関係にある家なのかについても、現在の隆明のもとに確かなものはなかった（二〇〇五年九月取材）。

隆明がひとり天草を訪ねてから四十余年、妻・和子を伴って二度目の訪問をしてから二十数年後、筆者は天草を訪ねた。二十代の頃テレビドラマ『藍より青く』のロケの取材で牛深（現・天草市）に来たことはあるが、天草は初めてと言っても同じだ。文字通り右も左も分からないのだが、二つの手蔓をもってはいた。一つは、友人で劇団「萱間馬鈴薯堂」の主宰者・萱間勇の妻・女優の稲川実代子の母が、吉本家と同じ苓北町志岐の出身であるということ。稲川は東京で死去した母と伯母の納骨のため、夫の萱間と天草を訪れていた。そして、もう一つは、あらかじめ、苓北町役場の観光課を通じて依頼しておいた、三人の助成者の存在だ。爾後、このレポートに直接間接に登場し、これ以上ないほどの助力を得た三人を紹介しておこう。

まずは、吉本家の本籍があった苓北町志岐に、三百五十年間、十九代続く志岐八幡宮の宮司・宮﨑國忠、次に、同じく志岐に住み、吉本家と浅からぬ縁のある荒木家の当主で、総合商社・兼松株式会社の元商社マン荒木健作、そして、「熊本日日新聞」天草西販売センターの平井建治。平井は、天草の郷土史研究家として知られた人物だ。

三人の助成者との顔合わせは、町役場の会議室で行われた。あらかじめ提示しておいた調査事項について、早くも有力な情報がもたらされる。あの家が、あの人が、と、筆者の知らない名前が飛び交う。が、一番にやることは、吉本家の原戸籍「熊本県天草郡志岐村大字志岐又四〇番地の六」を訪ねることだろう。住所に該当する場所は、志岐の「浜之町」にある。土地のひとが「はまんちょう」というその区域は、海岸に沿った一角だ。

2

苓北町志岐を南から北へ向かって流れる志岐川は、決して大きな川ではないが、深い水の色を湛えている。その川が富岡湾に注ぎこむところが港となっており、小舟が何艘か係留されている。志岐漁港だ。川の右岸、海岸に面して家が並んでいる。家並みの手前には、海岸線に平行にさらにもう一筋の家並みが並ぶ。その家並みと家並みのあいだの道を入ってほどなく、「このあたりのはずですよ」三人が口々に言い、一軒の家の廊下に日向ぼっこをする老人に声を掛ける。

「あ、山口さん、昔、吉本さんの住んでおらした家は、このあたりでしたねえ」ガラス障子を少しあけ、籐椅子に座って外をみている老人の頬が少し緩むと、「ああ、裏におらしたですけんね」。即座に答えが返ってきた。老人は続けた。「少し借金の増えてですな、夜逃げんごてして逃げらしたっですたい」。「え？　夜逃げですか？」と思わず身を乗り出すと、老人は続ける。「うちの親父たちが、荷物ば運んで、加勢したっですたい。（船は）沖に繋いどったでしょうな、（吉本家は）沖まで歩いて行きよったです」。

隆明の書くものや談話で知る「夜逃げ」が、いきなり、語り物のように語られる。

親父は第一次大戦後の不況で造船所が倒産し、夜逃げ同然の体で東京の月島、佃島あたりに出てくることになりました。

（「「遠い自註」にうかぶ舟」）

家屋敷をすて、借財を未整理のまま逃げだすように東京へでてきたらしい。そしてまず父が単身で郷里と地形がにている湾岸沿いの月島にとりついて、家族をよび寄せたという感じだったらしい。

（「わが東京」、『像としての都市』所収、弓立社、一九八九年九月）

吉本家の「夜逃げ」について話す山口護。

この時代、天草に橋はかかっておらず、島を出ようとすれば船によるしかない。まず順太郎が様子を見に行きその後「家族をよび寄せた」とあるから、東京への移住は何度かに分けて行われたのだろう。が、「荷物ば運んで加勢した」と聞くと家財道具を積みこんだこの日が「夜逃げ」の山場だったと思われる。志岐港がありながら船を沖に留めて、しかも夜に出て行くというあたりに、逼迫した状況が汲み取れる。荷物を担いで水に入っていく権次と順太郎の姿が目に浮んだ。

「船大工だったですけんな、船ば造りよったっですけん。造船所があったっです。太か建物です」

老人の指し示すところに従い、老人の家の角を曲がって庭に回り込む。老人の家の庭が海に向かって開けている。庭の前を道路が海に平行に家並みに沿って走っている。その道路と庭のあいだには、垣根も塀もない。道路の向こうには砂浜が広がっているのだが、間にはコンクリートの防波堤がある。老人の言う通りなら、今は老人の家の庭となっているこのあたりに吉本家の家があり、造船所があったことになる。なるほど、庭にしては広すぎる空間だ。道路と防波堤がなかったら、庭はそのまま砂地の浜へ、さらに海へと地続きでつながっていく。ここに造船所があったのか、とすると、住まいはどこにあったのか。工場の一部か傍らか、あるいは二階部分が住まいだったのだろうか。筆者は浜風の吹く「庭」に立って海をみる。そのとき気付いたのだ、荒木たち助成者は、老人を「山口さん、山口護《まもる》さん」と呼んでいた。ならば、隆明が訪ねた「世話になった近所の山口家」は、あの家ではないか！　でも、不思議だ。隆明があの山口家を訪ねたのなら、隆明は、四十年ほど前にあの山口護から、筆者らが受けたような説明を聞かなかったのだろうか。話を聞いていたなら、隆明は、なぜ、次のように書き記し語るのだろうか。

後年、訪れた父母の郷里天草の造船所があった近くの二江の海岸は、鎌倉とその沖の江の島を、あれより小規模だがほうふつとさせるよい風物の海岸だった。人は自分の原風景に似た場所を求め、そしておなじ地名をつけたがるものだ。月島、佃島、大井、大森、品川海岸と、幕末につくられたお台場やその並びの防波堤の風景は、この父の郷里の地形に似ていないことはない。いずれも父の脳裏を去らなかったにちがいない。

（『父の像』）

天草に行ってみたら、二江というところと鬼池というところの中間のあたりに造船所の跡が三つくらいあって、そのひとつがお宅の造船所だったんですよ、なんて言われました。

（「「遠い自註」にうかぶ舟」）

隆明のいう、二江《ふたえ》、鬼池は、苓北町の隣りの五和町《いつわ》（現・天草市五和町）にある。この志岐の海岸から、二江は八キロ、鬼池は十二キロも離れたところなのだ。もしかして、住居はここ志岐の浜之町にあって、造船所が別に五和町にあったのだろうか。しかし、明治から大正の交通も不便な時代。この道のりを毎日どう通ったのであろうか。

二江、鬼池方面の調査をし、隆明が自分の家の造船所の跡と教えられた所を確かめなければならない。が、その前に、もう一つ、やるべきことがあった。同じ苓北町でも西北の突端、富岡に、「吉本造船所」という造船所があったというのだ。話は、前述の、母が志岐の出身の稲川実代子が伝えてきていた。稲川のいとこの家の近所に住む、大工の棟梁、時田松市が、「吉本造船所」

の持ち主の住宅を建てたという。時田松市は大正五（一九一六）年生まれ。大正十三（一九二四）年に天草を出た隆明の父・祖父の「造船所」では年齢が合わない。が、「吉本造船所」という以上、吉本隆明家となんらかの関係があるのかも知れない。造船所の場所は富岡、時代は新しいと、吉本隆明家の跡を継いだ造船所の可能性がある。

＊志岐の海岸の様子は取材当時のもの。平成二十四年現在、港と海岸線の整備が進んでいる。

3

稲川実代子のいとこ・洋子の嫁ぎ先・植里吉男宅を訪ねると、座敷には祭りの料理が並べられていた。志岐八幡宮の春の祭の宴に親戚や知り合いが集まっている。その輪の中心に時田松市がいた。筆者の取材のために招いてくれたのだ。時田は、話好きの人らしく、一つ質問すると、関係のあるところを次々と語りはじめる。天草の方言のためか、聞きとるのに苦労するが、その話の内容を要約すると次のようだ。

戦前から戦後にかけて富岡港を前にしたところに吉本造船所があった。時田が建てたのはその吉本造船所の持ち主の自宅。持ち主は、その後、造船所をやめ、別の場所に食堂を開いた。その食堂「池栖家」を建てたのも時田だという。造船所主の名前を尋ねると「吉本ヨシエ」という答えが返ってきた。この字が「吉本由栄」だとすると、読み方こそ「ヨシタカ」で違うが、隆明の言った名前に合致する。そういえば、隆明は、訪ねた先が「食堂」だったと言ってはいなかったか。この「吉本ヨシエ」こそ、隆明が、昭和三十八年に父方の親類として訪れた家である可能性が高い。食堂は持ち主が代わって今は民宿になり、「吉本ヨシエ」の一家は天草にはいないが、富岡に「吉本ヨシエ」の係累に当たる家があるという。

富岡は、江戸時代から明治の初年まで天草の行政の中心になってきた。そんな富岡の象徴のような存在、富岡城は、海を見下ろす丘陵の上という要害の地にあった。城は早くに取り壊されたが、現在、一部が復元されて本丸跡に「熊本県富岡ビジターセンター」が置かれている。その城跡へ通じる道の一つが「百間土手」。「袋池」と呼ばれる、海を塞いで作った巨大な堀の堤の道だ。その「百間土手」の「袋池」のほとりに、訪ねる民宿「一休」はあった。

民宿の経営者・高松一紘が話したところによれば、高松はやめたあとの「池廼家」を買いとり、外観構造はそのままに、なかを改造して民宿にしたという。つまり、「吉本ヨシエ」が「吉本ヨシタカ」なら、隆明が昭和三十八年に訪ねたとき、「吉本ヨシタカ」の食堂は筆者の目の前にある民宿と同じたたずまいをしていたというわけだ。「道ばたの食堂でした。とても親しみのある態度で接してくれました」と、隆明はその時の印象を語った。この「吉本ヨシエ」が「吉本ヨシタカ」だとして、不思議なのは、この「吉本ヨシタカ」が父・順太郎の何に当たるか、隆明が知らなかったらしいことだ。長い年月が経って忘れたというのではなく、隆明は、どうやら本当に、どんな関係の親類なのかを知らずに訪問したらしい。これは事後のことになるが、筆者の報告を聞いた隆明が、「いや、あなたに聞くまでは、そんな関係にあるとは知りませんでした」と感に堪えないように言っていた――。

さて、そんな隆明に代わって、私たちは、この「吉本ヨシエ」が何者なのか、明らかにしていかなければならない。

時田松市が言っていた係累の家は、民宿の高松が教えてくれた。食堂のすぐ近くの坂を浜へ下る辺りにその家、渡辺武男（建築業・大工）宅はあった。夕飯時の玄関先で取材が始まる。「吉本造船所」の主「吉本ヨシエ」は吉本由栄《よしえ》であり、吉本隆明と親戚であることが渡辺武男と妻・シヅホの話で分かった。さらに、渡辺武男の薦めで、熊本市在住の吉本由栄の継嗣・吉本義則に電話をする。隆明の言う「ヨシタカ」が吉本由栄の呼び名であること（役所が字を誤って「由栄」としたが、近親・親戚は届け出た名前――義則の話では「由高」――で呼んでいた）、隆明の祖父・権次と吉本由栄の父・吉平が兄弟、隆明の父・順太郎と由栄はいとこ同士と判明した。

4

さて、そこまで分かったところで、肝心なのは、この富岡の「吉本造船所」と権次、順太郎の造船所がどんな関係にあったかだろう。少し込み入った（しかし、一昔まえの日本には普通にあった）吉本由栄家の家族模様におつきあい願いつつ、富岡の「吉本造船所」を考究してみよう。

「吉本造船所」は、富岡一丁目、富岡港の奥の部分、漁港の辺りにあった。民宿の主人・高松が指し示したところをみれば、そこは、現在の富岡鉄工所の裏手、百間土手の下と分かる。この造船所が出来たのは昭和十年代、遅くとも昭和十六（一九四一）年までには出来ていたと思われるのは、吉本由栄の甥、渡辺武男の記憶による。吉本由栄の弟・武は、渡辺家に婿養子に入ったが昭和十三（一九三八）年に戦死。昭和十六年四月、武の妻、武男の母・ヨシは、武男を吉本由栄家に預け、靖国神社に参拝に行く。預けられたその家には、「大きな船がありました。その時はもう開いていたということですね」。由栄の継嗣・吉本義則に拠れば、吉本造船所は、その後、終戦を挟んで昭和二十年代半ばまで続いたという。昭和二十七（一九五二）年の「天草木造船工業協同組合組合員名簿」には吉本由栄の名前があるから、その年まではあったということだ（『五和町史』）。義則は渡辺武男の弟。伯父・由栄に子がなかったので養子に入ったが、家業を継ぐことなく天草を離れ、熊本県の職員として活躍する。

この吉本造船所はどのような造船所か。この造船所を手伝って、のち富岡三丁目に浜崎敏春造船所を開く浜崎敏春は、吉本造船所が船の修繕・修理をもっぱらにする造船所で、五十トンから七十トンの石炭を積む機帆船の修理をしていたという。

こうして、富岡の「吉本造船所」は、吉本隆明家の造船所を受け継いだものではないと判明した。そうすると、隆明の語った二江・鬼池の造船所はしばらくおくとして、吉本隆明家の造船所は、志岐の山口護が示した、浜に続くあの場所＝原戸籍の所番地のほかには考えられない。

あとに詳述するが、隆明の祖父の吉本権次と吉本吉平の兄弟は、苓北町の隣、五和町御領《ごりょう》の出身だ。吉平が富岡で何をなりわいとしていたのかも後述する。まずは両家に親戚の付き合いがあ

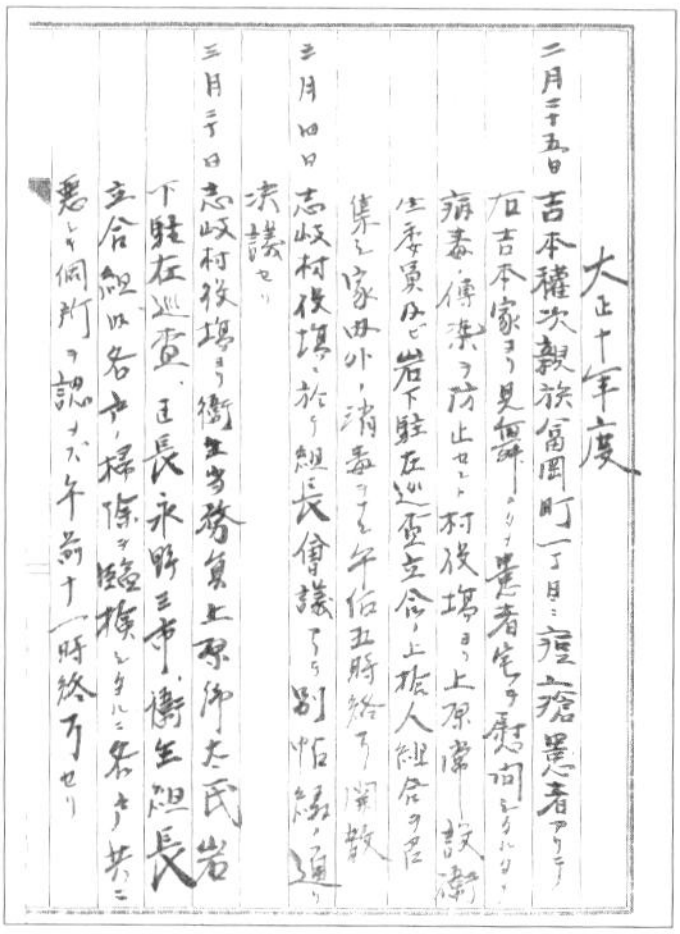

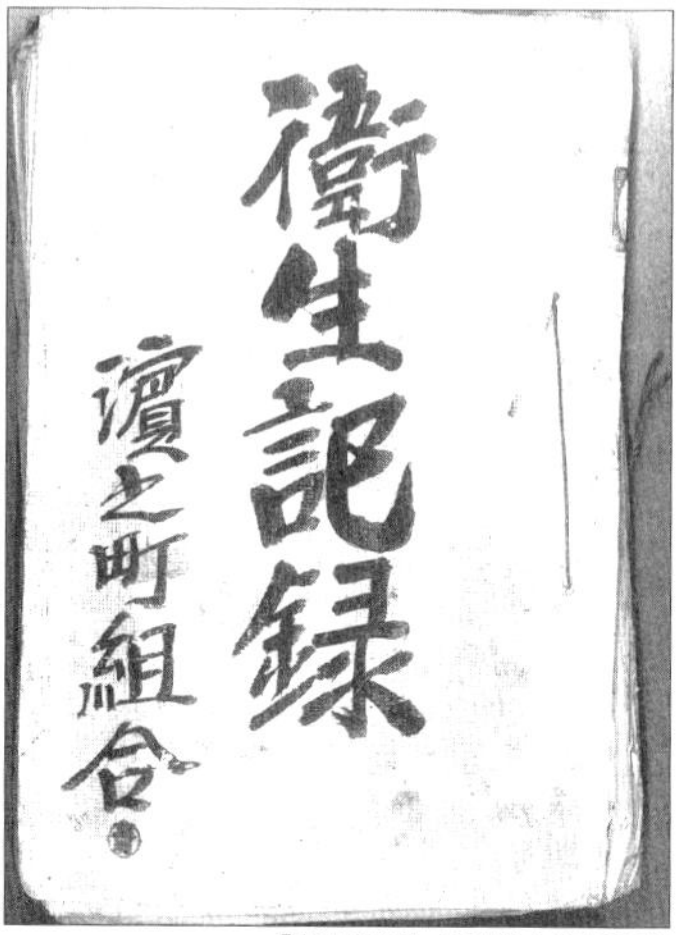

『衛生記録』の表紙と当該記事

ったことを、最近発見された一つの資料で見ていこう。

取材の助力者・荒木健作の一家は、志岐の浜之町で吉本家の近所に住み、健作の祖父・秋三郎は長く浜之町区の区長を務めていた。近年、「志岐公民館浜之町分館」を改築した折、古い書類のなかから荒木健作が発見した資料、『衛生記録　濵之町組合』に次の記述がある。

大正十年度
二月二十五日　吉本權次親族冨岡町一丁目ニ痘瘡患者アリテ右吉本家ヨリ見舞ノタメ患者宅ヲ慰問シタルタメ病毒ノ傳染ヲ防止セント村役場ヨリ上原常設衛生委員及ビ岩下駐在巡査立合ノ上拾人組合ヲ召集シ家内外ノ消毒ヲナシ午后五時終了開散

『苓北町史』（一九八四年三月）によれば、炭鉱・港を有して人の出入りの激しいこの苓北では大正年間しばしば伝染病が流行した。同史の「年表」の大正十（一九二一）年の項には「富岡町に赤痢発生蔓延につき仮病舎増築」とあり、前年には同町に「天然痘三名」発生の記述もある。親戚の吉本吉平一家の身を案じ、権次あるいは順太郎が三キロ離れた富岡の吉本家をおとなったのだ。

三年後の大正十三年、吉本隆明の一家は、天草をあとにする。明治から大正にかけて、志岐において吉本権次・順太郎が造船所を営んで創業の苦しみを味わったように、戦前から戦後に「吉本造船所」の看板を富岡に掲げ、時代の流れの中で苦闘した吉本由栄。島を捨て新天地を求めた吉本順太郎が、遠い東京の地から故郷に想いをはせるとき、由栄の上に特別の感情があったことは想像に難くない。父・順太郎が隆明に、夜逃げを手伝った山口家と、吉本由栄を訪ねよ、と、命じた意味は充分にあったのだ。

松森家と権次

I

昭和三十八年、隆明がひとり天草を訪ねたとき、熊本から天草へどのような経路で入ったのか、明らかに出来る材料は何も残ってはいない。まだ、天草五橋はできていないから、船で行くしかなかったことは確かなのだが。当時もっとも一般的であったのは、鹿児島本線から三角《みすみ》線に乗り換えて三角駅で下車、三角港から船に乗ることだ。鹿児島本線を南下して水俣から島へ渡ることもできるが、隆明が目的とする苓北町、五和《いつわ》町に行くには、三角‐網場《あば》（長崎市）の航路が普通だろう。この航路は、天草下島では東の沿岸を北上する。天草下島の中心の町・本渡の本渡港か、五和町の鬼池港で下船したとして、そこからどう廻ったか。前述したように、隆明は、父・順太郎から、訪ねるべき三か所を指示されていた。苓北町志岐の本籍地の近所の家、苓北町富岡の順太郎のいとこの家、そして、五和町の母方の親戚の家だ。三軒をどの順番で廻ったのか。類推の域をでないのだが、天草に着いた日にその足で母方の親戚を訪ねたろうと思われるのは、隆明の文章のニュアンスからだ。

わたしは友人に教えられていた二江の旅館で車を下り、荷物をあづ《ママ》けて、すぐバスひと駅戻った感じで鬼池の母方の親戚を訪ねた。

（「谷川雁のことなど」、「熊本近代文学館報」第六十二号、二〇〇三年一月三十一日）

本渡（鬼池）からまず旅館を目指した。旅館のあった二江《ふたえ》から「バスひと駅戻った感じで」という。志岐も富岡も本渡（鬼池）から行けば二江の先に当たる。「戻った」とあることから、「鬼池の母方の親戚」を先ず訪れた、と分かる（41頁地図参照）。

おしゃべりをひと通り叔母さんたちから聞いて、荷物を置いてきた二江の旅館に戻り、そこで一晩泊まりました。

（「「遠い自註」にうかぶ舟」）

隆明の泊まったこの二江の旅館はどこか。隆明が「新しい旅館が出来て、景色のいいところだからそこへ行けって紹介してくれました」（同）というところ、筆者が隆明に直接確認した「崖の上にあった」という話からすると、条件を満たす旅館は一軒しかない。二江の町に入り、道の傍らの崖を登っていくと、崖上は平らになっていて、そこに旅館が一軒だけある。海と空が一緒になったように開け、広々と眺望がよい。隆明は熊本で「一晩泊めてもらっ」た「知人」（同）

にこの宿を紹介されたという。「知人」とは、「新文化集団」の高浜幸敏だろう。この旅館「井戸屋」は、隆明の宿泊後まもなくして人手に渡って別の旅館となり、いまは、その旅館も営業をやめている（平井建治の調査に拠る）。

2

さて、隆明は、母方の「親戚」を初めて訪ねた。「鬼池の母方の親戚」とはどんな親戚か。この「鬼池」の家を明らめるのは、二つの意味で重要だ。一つはそれが、とりもなおさず隆明の母・エミの出自を訪ねることになるからであり、一つは、「吉本造船所」が二江・鬼池にあったと隆明がいうのは、「母方の親戚」に行って知ったことだからだ。

例によって、隆明から得た情報は、「母方の親戚」ということと、訪ねたときの断片的な記憶――「バス停の所にあった」「たばこを売っていた」――だけだ。そうなると、確かな手掛かりは戸籍ということになる。戸籍にはエミに関する記述として「御領村九八六一番地松森民三郎長女」とある。「御領」に「松森」が何軒あるか定かでないが、一軒一軒訪ねて確かめればよいであろう――という悲壮な決意は、天草に足を踏み入れた瞬間に溶解していた。提示しておいた資料に基づき、助力を頼んだ郷土史家の平井建治が、松森家を特定するなどの予備調査をしておいてくれたのだ。

御領のなかでも松森家のある辺りは、大島地区の古里《ふるさと》といい、鬼池に近いところ。その家は、海を望む丘陵地の坂道の傍にあった。出迎えてくれたのは松森福司。隆明の母・エミの出どころ、松森家の現在の当主だ。この日のために、福司の姉に当たる土井和代が嫁ぎ先の苓北町からやってきてくれて取材はなごやかに進んだ。隆明の覚えていた「バス停とたばこ」も、当時バス停が家のそばにあり、松森家はバスの切符を扱い、たばこも売っていたと判明した。

松森家の家系を訊ねたところ、隆明の母・エミと松森福司の間柄はすぐ分かった。福司の曾祖父に当たる松森民三郎。その娘・エミが吉本家の順太郎に嫁いだ。福司の祖父・栄作とエミがきょうだい、という縁戚関係になる。が、聞いてみたいのは縁戚関係だけではない。松森家を訪ねたなら、まず確かめたいことがあった。松森家が吉本家の造船業にどんな関わりを持っていたかである。

吉本隆明研究の先駆者・川上春雄の作成した「吉本隆明年譜　年代抄」に、次のようにある。

順太郎の妻エミは松森氏から出ている。エミの父松森民三郎はずばぬけた秀才であり、吉本造船の支配人、いまでいえば工場長をつとめていた。この松森氏を知るほどの人は、その人徳を慕い、はじめ肖像画を掲げ、のちには生前

母・エミの実家・松森家。

から松森氏の自宅に頌徳碑を建立して敬意を表するにいたった。
（現代詩手帖臨時増刊「吉本隆明」、一九七二年八月）

川上春雄が隆明の伝記的な調査をし始めたときには、まだ、隆明の両親は健在であり、天草についても現時点よりもはるかに様々なことを知り得る立場にいた。川上が書いているこの「頌徳碑」はどこにあるのか、そして、松森民三郎が、吉本造船所の「支配人」であったとは、どういうことか？ 残念ながら、松森福司のもとに民三郎に関する記録はなく碑も見つからなかった。松森民三郎を知るヒントは、『五和町史』（二〇〇二年十二月）「近現代 産業――五和の工業」の項にあった。

五和地域の造船業を表す資料「造船所所有者一覧（田畑澄夫調査資料により作成）」に、「松森長徳 M40～S5」と記載されている。これは、明治四十（一九〇七）年には松森家が造船所を営んでいたこと、経営の名義人は、長徳・民三郎の孫に当たる人物であることを示す。民三郎の没年月は大正六（一九一七）年十一月であり（墓碑で確認）、松森家は古里造船所（後述）の松本家（明治維新直後に創業）と同じ頃に創業したと聞いている、という松森福司の証言を併せると、民三郎の松森造船所は次世代に任せられる状態にあったと分かる。一方、吉本権次は自らの造船所を立ち上げて日が浅い（後述）。民三郎は、請われて権次を助けるため志岐に赴いた。創業間もない吉本造船所にあって、船大工・職人を手配し差配していたのではないかと推定されるのだ。川上春雄が伝聞として記す、民三郎は「吉本造船の支配人、いまでいえば工場長」「人徳を慕い」「頌徳碑を建立」はこの間の事情を物語るものだろう。

そして、両者のつながりが、隆明の父と母とを結びつける。戸籍に拠れば、権次の長男・順太郎と民三郎の長女・エミは大正六年二月二十六日に婚姻の届出をしている。その一方で、民三郎は、古里造船所の松本家とも縁を結んでいる（家系図参照）。

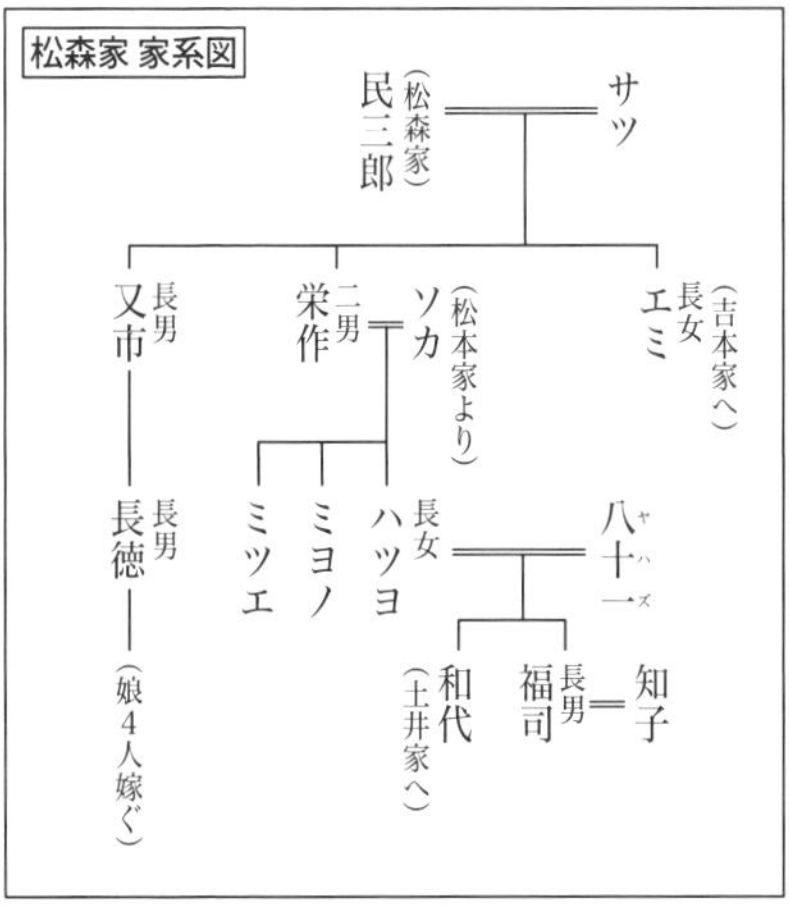

五和町の御領地方に、瀬戸内海の倉橋島から松岡吉兵衛がやってきて造船の技術を伝えたのは、近世中期という（『五和町史』）。爾来、漁業と石炭等の運搬という船の需要を背景に、御領地域の造船業は発展を重ねていく。前述の「造船所所有者一覧」には、時代区分を明確に記しながら、造船の家が記してある。なかでも、「古里造船所」の松本家は、維新直後に松本勝造が造船所を開いてのち、勝造・三吉・三代松と続き、株式会社組織の造船所を作るなど、この土地の造船業の中心的な役割を担ってきた家だ。民三郎は、その松

本家から、二男・栄作の嫁としてソカを迎えている。

さて、この「造船所所有者一覧」は、一方で権次の「吉本造船所」が新興の造船所であることを逆説的に物語るものでもある。一覧のどこを探しても吉本権次の名前はない。むろん、権次の「吉本造船所」は苓北町志岐にあり、五和町にはないとしたら、『五和町史』にその名がないのは当然といえば当然だ。が、後述するが、吉本家は、この五和町・御領の出身だ。もし、権次の父や祖父の代から一族の誰かが造船所を営んでいたのだとしたら、どこかに「吉本」の名前があってしかるべきだろう。


ところで、隆明がこの松森家を訪れたとき、隆明を迎えた女性とは誰なのであろうか。

母親の親戚の家に行ったら、いろんなところから叔母さんが集まって来て、「わたしはあなたのお兄さんのお守をしたことあるんですよ」とか言われて、こっちはなんにもわからないけれど、「ああそうですか」なんて言って聞きました。

造船所の跡にも誰かが案内してくれました。

（「「遠い自註」にうかぶ舟」）


土井和代によれば、これらの女性は、福司、和代の母ハツヨと、当時、家にいたハツヨのふたりの妹ではないかという。彼女たちと隆明はいとこ同士のあいだがらだが、ハツヨはこのとき推定六十二歳。隆明と二十三歳、天草生まれの隆明の兄・勇と十六歳ほど違う。長く会わないおばの息子、年下のいとことして、歓迎したのだろう。そして、そのなかの誰かが隆明を浜に案内し、「ここに造船所が……」と説明した。その時の「造船所の跡」はどこなのか。

小高い丘陵の上にある松森家から坂を下ると、古里造船所、長浜造船所の広大な空間が目に入る。一帯は造船のメッカだ。浜の国道をやや行くと、国道に面して、大きな家のある広い敷地があった。この敷地の一角が松森家の造船所だったという。大きな家は松森民三郎の孫・松森長徳の家なのだが、四人の娘が嫁いだいま、住むひとはいない。福司によれば、松森家の敷地は国道が作られるまでは浜につながっていた。浜に近く麦藁葺きの建物があり、そこで主に伝馬船を造っていた。浜辺まで石垣のスロープが作られていて舟を進水させたという。

松森家の女性陣は、隆明の母・エミの実家の造船所、という意味で、この造船所の跡を示したのではないか。聞く隆明が、この造船所跡を、権次・順太郎の造船所と受け取った――それとも、隆明が造船所の跡として教わったのは、この松森家の敷地内ではなくて、御領、鬼池、二江の別のどこかにあった、(吉本家代々の造船所ではないとしても)権次の「吉本造船所」なのだろうか。

その半生を造船と共に歩み、新しい技術を求めて各地の造船所を巡り腕を磨いてきた松森福司は、いかなる意味でも「吉本造船所」が御領にあったとは聞いていないという。当事者の三人の女性のいない今、どこに隆明を案内したのか確かめようもないのだが。

3

筆者にはここ御領で、松森家をたずねたなら、次にやるべき作業があった。吉本家の菩提寺を訪ねて、「法名帳」(「過去帳」)を見ることだ。松森家から本渡方向に少し行ったところに、大きな本堂を持つ吉本家の菩提寺、浄土真宗・浄専寺がある。住職・佐々木智航には前もって手紙で趣旨を伝えてあった。住職は、本堂に場所をしつらえ、「法名帳」を見る機会を与えてくれた。膨大な記録に備え、筆者には加勢をする人がいた。劇団「菅間馬鈴薯堂」主宰・菅間勇(前述)が同行してくれたのだ。

広い本堂で、二人でひたすら帳面をくった。「法名帳」の記載事項から吉本家の家系をたどるのだが、手がかりになるのは、ここでも、川上春雄が遺した資料だ(日本近代文学館所蔵)。

こうした作業を経て可能になった吉本家の家系図の紹介は後に譲るとして、いま、権次に限っていえば、権次は農家である吉本家の五人いる男きょうだいの二番目。

個別、吉本家についての資料はないが、この地域には零細な農家が多く、少しあとの大正期になっても、小作+小作兼自作の割合が八割、御領村では「自小作・小作合わせれば九割近くに達し」「純粋の自作は数えるほど」という(『五和町史』「近現代　政治と行政――地主と小作」)。少ない土地に大勢ですがっていることは出来ないから、それぞれが家を出て自活しなければならない。あるものは都会の労働者となり、あるものは手に職を付ける。

権次の場合も例外ではなかったろう。権次がいつ家を出たのかは知り得ないが、独立という意味でいえば、所帯を持つ＝結婚がその時であろう。吉本権次が浜崎マサと結婚した年月はわからない。が、吉本家の戸籍に拠れば、権次夫妻の初子の長女・ノブの誕生が明治二十一（一八八八）年十一月であるから、所帯を持ったのはその一、二年前、仮に明治十九（一八八六）年とすれば、安政三（一八五六）年生まれの権次は三十歳だ。この頃、権次は分家・独立したのであろう。妻子を養っていく目途もついていたと思われるが、何をなりわいとしていたのか。後年の権次の活躍から推察されるのは、権次がすでに造船の仕事に就いていたのではないか、ということだ。推察の根拠の一つは、権次の分家先の住所だ。「御領九八九五」は先にみた「造船のメッカ」に程近いところなのだ。そして、これはより本質的なことだが、大型船の造船業を成功させるには、経営の才と共にかなりの造船の技術を身に付けていなければならない。権次が、命じられたことをやるだけの職人でも現場を知らない経営者でもなく、設計図の引ける腕を持った船大工であったことは、隆明の回想にうかがうことが出来る。船の場合、板に図面を描く場合が多い（「板図」）。

吉本家の菩提寺、浄土真宗・浄専寺。

おじいさんは、半ばぼんやりしてきてから、よく鉛筆を舐め舐め薄い木の板に船の設計図を描いていた。きっと自分が船を造っていたころを思い出しているのだ。

（『少年』徳間書店、一九九九年五月）

明治の初め、この造船の技術を権次はどう身に付けたのであろうか。のち、大正四（一九一五）年以降ともなると、この地では、県と天草郡が音頭をとって造船技術の講習会が定期的に開かれる。講習会で造船所主の子弟を育て、中堅の技術者を養ったことが御領の造船業を飛躍的に発展させ、時代に即応できる人材を生んでいく。

筆者の手元に、今回の取材の助成者のひとり、前述の志岐八幡宮宮司・宮﨑國忠から贈られた一冊の本がある。橋本德壽著『天草日記』（本渡諏訪神社社務所、一九七四年二月）だ。「戦前戦後を通じ、日本一の木造船技師であり、また、現代歌壇の重鎮」（同書序）の橋本德壽は、大正六（一九一七）年～昭和二十九（一九五四）年の間に招かれてたびたび天草を訪れ、小学校や寺を会場に開かれる講習会の講師を務めた。その様子を仔細にこの『天草日記』に書き残している。

本堂に黒板を立てた。（略）一年生が7人、二、三年生が5人ばかり、これを分けて二部教授にする。／今日は造船理学の講義をした。よく解らないやうであった。代数、幾何、三角法を学習してゐなければ、初等の造船理論の理解は困難といふよりも、不可能である。

（大正六年十一月）

権次の時代には、このような学校もまだなかった。造船の技術を学ぶには、船を造る親方のもとで徒弟奉公のようにして身に付けるしかない（五年は要するという）。十代〜二十代初め、しかるべき船大工の下働きをするなどして権次は造船技術を習い覚えた。その後、造船所に雇われて船大工として腕を磨いたのだろう。

この時代、若者は造船業界を目指していた。多くの「権次」が造船所の周りに群れ集まっていた――というのには、根拠がある。当時のこの地域には、炭鉱を除くとほとんど雇用がない。いきおい、現金収入を得る道として船大工が注目されたのだ。農業の家を出た若者はむろん、農家にとどまった者も兼業で船の仕事を志願する。造船は時代の波に生産量が左右される。忙しいときに駆り出し、暇なときには声をかけないですむ兼業船大工は、造船主にとっても便利な存在なのだ（『苓北町史』および『研究報告no.65 木造船工場の実態――天草郡を中心として』財団法人九州経済調査会、一九五六年十二月）。

そうした環境のなかで、ひとかどの船大工となる道をたどり、ましてや、自分の造船所を持とうとする者は一握りといって良いだろう。その困難な道を権次はたどった。権次に並外れた才覚があったことを前提としての話だが、権次の成功への道のりを見守り、支え助けた者はいなかったのか。

先に見たように、創業期の吉本造船所には、実際の面で手助けを受け、のちに長男を通じての縁続きとなる、松森民三郎、松森家の存在があった。では、権次の船大工時代、あるいは船大工から身を起こして造船所主になるまでを支えた者がいたとしたら、それは誰か。妻・マサの実家・浜崎家に思い到るのはこの時だ。

権次の妻・マサは同じ御領の浜崎家の出身、浜崎政次の二女と分かっている。前述の『五和町史』には「浜崎家」が何軒か造船業として名前を連ねている（最古の浜崎能四郎を始祖とする家は天保中期の創業だ）。これら御領の造船業・浜崎のうちいずれかの浜崎家がマサの実家、ということはないであろうか。

確証のないままの、吉本家と婚姻関係にある浜崎家——の調査を助成者・平井建治の協力を得て開始した。すると、調査半ばで思わぬところから話があった。前述の吉本由栄の「吉本造船所」を手伝うため御領から苓北町富岡へ赴いた浜崎敏春が、「吉本由栄とは親戚だと聞いている」、と言うのだ。親戚だから手伝うように言われて行った、親戚というだけでそれ以上は詳しくは分からない、と敏春は言う。

仮に浜崎敏春の家が吉本家の係累であるとして、浜崎敏春家はどのような造船家か。浜崎敏春の父は喜代太、祖父は三八。前述の『五和町史』の「造船所所有者一覧」には、「三八・喜代太」として明治三十（一八九七）年創業とあるが、敏春によれば、三十年は登録上の年次で、実際はもっと古く、三八の父、曾祖父・黒次《くろじ》の代から伝馬船を作っていたという。この浜崎家が権次の妻・マサの係累であるとするなら、権次は、造船業のバックボーンを、マサの一族に求め得たといえるのだが。この段階で確かなことは、マサの父が「政次」である以上、マサは「黒次」の娘ではないということだ。浜崎敏春は町役場に出向き、戸籍の除籍記録に当たってくれたが、関係を明らかにすることは出来なかった。

あとに述べるように、明治二十(一八八七)~三十年代は、造船業界の興隆第一期だ。権次はあえて造船の町である御領を離れ、新天地・志岐に造船所を開いた。それも大型船の造船所を一代で築き上げた。事業を成功させ、屋敷を手に入れ、志岐村の高額所得者に名を連ねる。「若いときはさぞかしと思うほど豪快さがのこっていた」(『少年』)と、隆明が回想するごとく、胆力のある人物だったろうことは想像にかたくない。

吉本造船所と天草の家

1

隆明の祖父・権次はその晩年を、異郷の地・東京の、当時は東京市京橋区月島・新佃島といわれた都会の片隅で過ごした。言葉が違う、気候・風土が違う……おそらく何から何まで異なる環境のなかでの、歳がいってからの生活はつらいものがあったろうと思われるが、権次は、隆明をかわいがり、時に二歳年上の妻・マサと連れ立って、近くの浄土真宗、築地本願寺へ通ったりしていた。――隆明が書き記している、そんな権次の日々の暮らしのなかの、おそらく最晩年の頃であろう、権次が、天草の「家」について、〈語っている〉とも言うべき一文がある。

> もうぼけてきたおじいさんは、ときどきおかしなことを口走りはじめた。いつもの声の調子がだんだんに変わって、何かを非難する口調になる。そしてしまいに癇癪を起こし、おいは天草に帰るけん連れていけ、と言いはじめる。そして定《き》まったように、天草ん家はこげな狭か家

じゃなかった、そうつぶやく。（『少年』）

祖父はときどきわけもなく家へ（故郷へということ）帰ると言いだした。（略）ときにはもっとひどい言葉を父に浴びせることがあった。おれの家はこんな小さな家ではなかったと言うのだ。（『父の像』）

天草時代の吉本権次と妻・マサ。マサの膝には隆明の兄・勇が（左端は親戚の娘）。

吉本権次と妻マサは、吉本一家の東京での二軒目の家、新佃島西町一丁目二十六番地で、隆明が小学五年生の時に没している（権次七十九歳、マサ八十一歳）。権次が〈こんな小さな・狭い家ではない〉ということからすると、天草の家はさぞ大きかったのだろう、と思うのが普通であろう。が、そう簡単に言い切れないのは、この東京の家が、極めて狭い家だからだ。棟割りの三軒長屋の角、住居面積は、約三十八・六八平方メートル、というから、今でいうなら少し広めのワンルームマンションといったところだろう。この空間に大人四人と子供五人が暮らしていたのだから、その狭さは尋常ではない。だから「こげな狭か家じゃなかった」と言ったからといって、天草の家が大きかったとは必ずしも言えないのだが、権次が「こげな狭か家」と叫ぶとき、権次の脳裏に浮かんでいた天草の家はどのようなものであったろうか。

私たちは、権次の家がおおよそどこにあったのかは知っている。現・苓北町志岐の海に面した浜之町の一角にあったことは、近所の山口護が「裏におらした」ということから確かなのだが、山口の話では、そこには造船所もあったという。造船所と住居と、二つはどんな具合に建っていたのだろうか。山口は、家は「木村さんのおらした」ところにあったと言っていたのだが――丁寧に話を聞かなかったことが反省された。山口老にもう一度会おう、と二度目の天草取材を決める。今度こそ山口護に現場を案内してもらおうという望みは、けれど、叶わなかった。取材に訪れる前に、山口護は八十八歳で他界していたのだ。

そんな折、取材に協力してくれている志岐八幡宮宮司の宮﨑國忠から報せがあった。吉本造船所の跡を知っている人がいるという。宮﨑國忠の親戚の宮﨑温《すなお》は、宮﨑一族に婿養子に入った山口護の弟だ。宮﨑温は、率先して現地を案内してくれた。

かつて知った山口家の裏手に立つと、宮﨑は「ここが入り口で、ここからずーっと」と、造船所の形を示し始めた。

「屋根は瓦葺きだったかトタンだったか、どっちだったかな」高さはあそこくらいで、と宮﨑の指し示した屋根の位置は、現在の山口家（当主・恵一郎）の二階のあたりまであった。建物は長方形、家並みに平行に、山口家の庭の端をはみ出して道路から堤防にまで及んでいる。想像して

吉本権次家屋敷の場所の特定

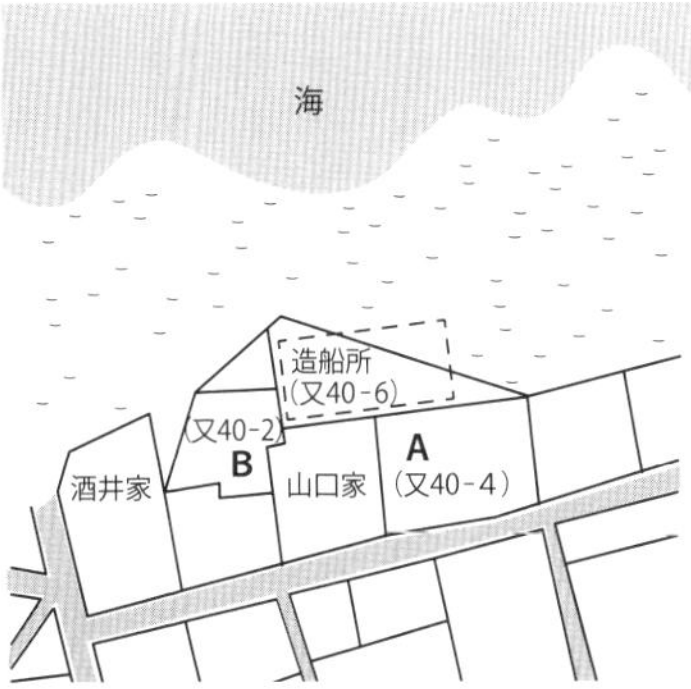

苓北町志岐字町辻。
地籍調査＝昭和52（1977）年以前の土地台帳地図に拠る。

吉本権次の家屋敷として登記簿上に確認出来るのは、A 土地番号「又 40-4」（現・「40-9」）である。この土地は、権次の所有以降現在までの持ち主（個人）がはっきりしており、その土地の上に権次名義の家屋の登記があるから、権次の住まいはこの土地番号のところであって、場所が違うという気遣いはない。一方、山口護のいう「木村さんのおらした」ところは、B「又 40-2」（現・「40-4」）に当る。Bは、明治三十四年以降現在までの土地の所有者（個人）をたどることができるが、木村の名も吉本の名も土地の所有者のなかにはない。しかし、Bの家屋の登記簿を見ると、木村磋九郎の名で、昭和21（1946）年1月に所有の登記があることから（売買のため急遽、登記したものと思われる）、ここに木村の家屋があったことは間違いない。従って、木村は、この地番に借地をして家屋のみを所有していたとわかる。一方、吉本権次については、Bには土地ばかりでなく家屋の登記もない。登記簿の記載に欠落のないことが前提だが、山口護の伝える通りだとすると、吉本権次は、或る時期、B 地点にも、借地に未登記のままの家屋を所有していた、または、家屋を借りていた、ということになる。なお、木村磋九郎は、『苓北町史』にも名前が出てくる、地元で知られた炭鉱経営者。

いたのをはるかに越える大きさであった。山口護が「ふとか」といっていたのはこういうことかと納得する。

「子供時分、なかで走り回って遊びましたよ」と宮﨑は楽しそうに言った。廃屋となった造船所は子供にとっては格好の遊び場だったのだ。宮﨑温は大正十二（一九二三）年二月の生まれというから、吉本一家が「夜逃げ」をした時には一歳だ。その宮﨑が遊び盛りの年頃になるまで、造船所は廃屋としてこの浜に残っていたことになる。

ところで、山口家の庭の裏手いっぱいに造船所が建っていたとなると、家屋敷は山口家の裏手以外の場所にあったことになる。残念ながら、宮﨑は、吉本家の宅地がどこにあったのかは知らなかったが、山口護が言っていた、「木村さんのおらした」ところがどこかは示してくれた。

海に向かって山口家の左隣りだ。ここまで来ると、残された作業は不動産登記簿のチェックだ。

この地方の登記所は、苓北町の隣町、旧本渡市にある。今は天草市になった本渡の熊本地方法務局天草支局で、閉鎖登記簿に当たった。その結果、山口家の隣りの敷地に、確かに吉本権次の家と土地の記録があったのだ。ただ山口護の言っていたのとは反対の、右隣りだったのだが。

登記簿に拠れば、その家屋敷は、明治二十五（一八九二）年五月に初めて登記され、そののち三度の所有権の移転を経て、明治四十三（一九一〇）年二月十四日に権次が所有者となっている。「同日売買ニ因リ」とあるから、購入したものであると分かる。家屋を見れば、「木造藁葺平屋本家」一棟と「木造藁葺小屋」一棟の計二棟からなり、前者が十二坪（三十九・六七平方メートル）、後者が九坪（二十九・七五平方メートル）。建坪の総体としては二十一坪（六十九・四平方メートル）、土地面積は後代の再測定で「二百三十四・八八平方メートル」とあるから、約七十一坪と知れる。「本家」の建坪のみをとると新佃島の長屋と選ぶところはないが、敷地は広く総建坪からみたなら暮らすのに困らない大きさの家だ。そして、山口護が指ししめした、「木村さんのおらした」ところが、ある時期、吉本家が使っていた家屋とするなら、さらに広大なものとなる。

2

さて、宮﨑の証言と登記簿のチェックで、吉本権次の住まいと造船所の、場所が特定できた。ここで、造船所の大きさと形状が知れたなら、吉本造船所の規模と事業の内容が分からないだろうか。

〝診断〟には、造船のプロの助けが必要だ。郷土史家・平井建治の紹介で田畑澄夫を鬼池に訪ねた。造船に関する記述で『五和町史』の随所に名前が出てくる人物だ。船大工としてその経歴をスタートさせた田畑は、木船・鋼船の造船技術を身につけたあと、プラスチック素材の導入も体験した。前述した橋本德壽の講習会でも学んでいる。その経験と知識を生かして、地域の造船の歴史を研究する、斯界の第一人者だ。一日、田畑の家で「講義」といってもよい造船の話を聞いたあと、二江の沖に浮かぶ通詞島の「五和歴史民族資料館」に行くと、田畑が復元を手掛けた地引網船が展示されていた。田畑は船の図面を整備し時に復元まで試みる。プラスチック船への移行期には、プラチック船の元になる型を提供するなど、実際面も併せ持つ研究者なのだ。

さて、鬼池から志岐まで足を運んで、いよいよ、田畑の出番だ。造船所跡に立った田畑の手には二十メートルの巻尺が握られていた。さっそく、調査が開始される。まずは、測量から始めた。長方形の造船所の縦の長さが十八メートル、横の幅が八メートル。高さは目測で四メートルとなる。この造船所の規模はどのくらいなのか。それが決して小さな船ではないことは、筆者にもわかったが。「総トン数一〇〇トンくらいの船でしょうね」。田畑の話では、作られていたのは、時代からいって和船。骨組構造（「竜骨」）をもつ洋型船の技術がこの土地で普及したのは、橋本德壽の講習会のだいぶあとだからだ。和船の、エンジンを積んだ機帆船か、三本マストの帆船。運搬船についていう積トン数なら、百五十〜百六十トンの船の製造が可能だという。田畑の前日の

志岐の吉本造船所の跡地。防潮堤の先の浜まであった。

「講義」によれば、職人（木挽きなど）と船大工が十人くらい集まって、出来上がるまでに数か月を要する船だ。陸に平行に工場があるが、浜が三角に角度がついた場所なので、潮が満ちてくれば直接進水させ得たろう、という。それだけの船をつくる技術と資本とを「吉本造船所」は持っていたのだ。

見てきたように、権次は、明治十九年頃に分家・独立したと推定されるのだが、志岐へ出てきたのはいつか。川上春雄は、明治三十六（一九〇三）年と書き記している。仮に明治三十六年とすれば権次は四十七歳。人生設計上は遅いと思われるが、起業の観点からは経済成長期の波に乗る好機。明治二十（一八八七）年代から三十（一八九七）年代は、この地方の造船の第一次最盛期だからだ。

三池炭鉱が産出する石炭は上海、香港初め海外にも輸出される重要な産物だが、三池には、大型の輸送船が出入り出来る港がない。幸い近くに天然の良港である口之津があった。明治二十二（一八八九）年に「特別輸出港」の指定を受けた口之津は、外国製の一〇〇〇トンクラスの輸送船が出入りできる港。その口之津まで石炭を三池から運べば良いのだが、浅海である有明海を航行するには、喫水が浅い船でなければならない。船底の板が幅広くしかも小回りがきく運搬用の船、

「団平船」が必要とされた。船の種類としては、この団平船ということになろう、六〇～九〇トンの帆船で、コールタールで黒く塗られていたからこの辺で「黒船」とも呼ばれた石炭運搬船の注文が殺到したという。このため、御領地域は大繁栄をみせ、一時は、造船所が二十六軒、五百人もの人が従事していた（『研究報告 no.65 木造船工場の実態――天草郡を中心として』および『口之津町史――郷土の歩み』一九七九年三月）。

権次の開業は時期に恵まれていただけではない。権次が拠点とした現・苓北町には、御領にはない地の利があった。志岐を中心に炭鉱で栄えていたのだ。明治初年の露天掘りの採掘から発展し、個人経営から株式組織の炭鉱まで大小の炭鉱が並立するようになる。明治四十（一九〇七）年には、鉱山から富岡港までの石炭輸送の鉄道が敷設され、石炭は富岡港から運搬船で熊本、長崎、大阪ほかへ出荷されて行った。炭鉱に働く人向けの日用品も食糧も売れる。町中が炭鉱で潤っていた。成功の条件はそろっていたのだ（『苓北町史』）。

志岐で造船業を始めた権次が、短いあいだに成功者となったことを示す、具体的な資料がある。まず、明治四十一（一九〇八）年、権次が住む志岐村の氏神、志岐八幡宮の再建に際して相当額の寄付をしていることが、志岐神社の境内に立てられた石碑「再建寄付人名簿」で分かるのだ。石碑の左上部に、「三十円　吉本権次」の文字が刻まれて今に残る。

明治四十二（一九〇九）年七月、熊本市の富友館から発行された『富貴要鑑』は、今でいえば、長者番付、高額納税者名簿といったところであろう。第二編に熊本県立農学校校長の「肥料講

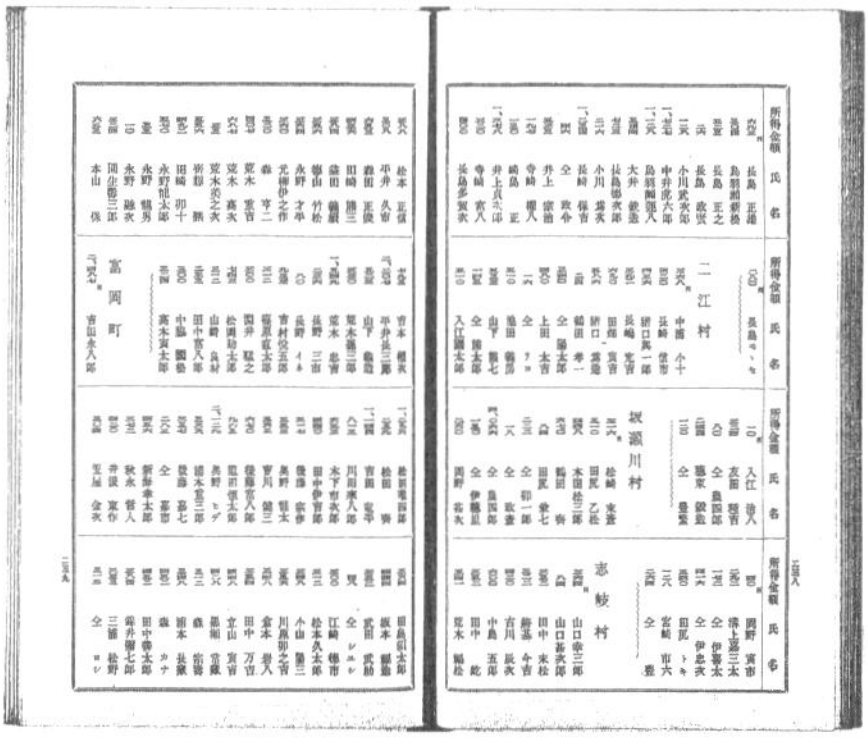

『富貴要鑑』の表紙と当該記事

話」、附録として「改正刑法」なるものが付されているなど、実用百科の要素ももった書籍だが、眼目が、「第一編」の「熊本縣所得納税者」にあることは間違いない。その「熊本縣所得納税者」の「志岐村」の項に「所得金額」「七九三円」として、「吉本權次」の名前があるのだ。村でリストアップされた四十二名中の四位（一位二三〇七円〜三位九三三円）で、物価を換算すると現在の年収で一千万円といったところか。この長者番付に載っているのが明治四十一年の年収（ほかの年次は確認出来ていない）、家屋敷の購入が明治四十三年というから、この頃が權次の絶頂期でなければならないだろう。

さて、このまま、吉本造船所の推移をたどってゆきたいところだが、その前に、押さえておきたい二つのことに触れよう。

夜寝るときに拡げられる窓幕（カーテン）は、順報丸という船の大旗をカーテンにしたものだった。／父がある夜、寝物語に語ったところでは、祖父と父の造舟所と海運業がいちばん盛業であったころ造られた船で、台湾や大阪に商品を海運した船だということだった。（『父の像』）

隆明が権次・順太郎の生業として、「海運業」に言及したこれが最も詳しいものだ。船大工としての父が語られるのに比べ、極めて少ないのだが。

さて、権次の名のある『衛生記録』を発見した荒木健作の家は、地元では「幸徳屋」と呼ばれている。これは、荒木の家が、かつて炭鉱を経営し、持ち船（或いは委託船）の「幸徳丸」で石炭を輸送していた時期があるからだ（荒木談。『苓北町史』にも記述がある）。では、「順報丸」の吉本家は何を運んでいたのか。この時代、自然に考えられるのはやはり石炭なのだが。

一日、志岐川を挟んで浜之町の対岸にある明神山という地域を歩いた。前述の宮﨑國忠の案内だ。このあたりには、古くから自前の船を持って海運業を営む家が多いと聞いてのことだが、案の定、色々なものを船で運んでいた――石炭は昔のことで、坑木（炭鉱の坑内を支える枠）、木炭、陶器の瓶――確認できたのは昭和の時代のことだが、興味を引かれたのは、積み出しの港が、富岡港ばかりでなく、地元の志岐港であるということだ。船は志岐川河口に舫《もや》っていた。大型の船だけでなく小さな船もあって、行き先も茂木港、川棚の海軍工廠（長崎）、水俣の窒素工場、と多彩なのだ。さて、もうひとつ、頻度でいえば、隆明が言及することの最も少ない祖父・父の仕事――。

これは又聞きだから推察にしかすぎないけれど、わりと大型の船をつくる造船所と製材所のふたつをやっていた父親が、第一次大戦後の不況を乗り切ることが出来ずに（略）。

（「わたしのものではない〈固有〉の場所に――詩的出発について」、「現代詩手帖」二〇〇三年九月号）

この地方に造船が発展したのは、船の材料に最適の松材などに恵まれていて、島内、あるいは熊本県内でまかなえたからという。また、地域に特有のものとして、坑木の需要が考えられる。いずれにも吉本権次には接点があり、いずれにも可能性はあるから後で考えよう。

3

吉本家の家業の話は、必然的に、吉本家がなぜ借金を作り、島を出なければならなかったかという問題に行きつく。残念ながら、吉本家の借財の原因を特定する具体的材料は今に至るも見つかってはいない。で、権次の所得が志岐村で第四位であった明治四十一年から島を出る大正十三年春までに考えられる経済の動向で、権次・順太郎の経営にマイナスを及ぼす要因をあげてみよう。

まず、造船業界の大きな動きとして、第一に挙げられるのは、三池港の開港がある。前述のように、大型船が入れなかった三池に、明治四十二年三月、大型船の出入りできる新しい港が完成したのだ。そうなると、口之津港の役目もなくなる。三池 - 口之津間に特殊な石炭運搬船「黒船」の必要度も減少する。「黒船」の需要の冷え込みは深刻であった。御領地域の造船家は、もう一つの造船の柱である長崎の漁業船に切り替えて乗り切ったという（『研究報告 no.65』）。田畑澄夫によれば造船技術的には切り替えは問題ないとのことだが、もともとの繋がりがあった御領の造船家と違い、果たして権次が新たな注文主を得ることができたか。その乗り換えに失敗しなかったか。

そして、もうひとつ。地元・苓北地域で大正七（一九一八）年から大正十（一九二一）年にかけていくつもの炭鉱が閉山していることだ。第一次大戦終息に伴う経済の冷え込みが原因という（『苓北町史』）。吉本造船所が、苓北地域の石炭を運ぶための運搬船を作ったり修理をしたりしていたのなら、大きな痛手であったろう。ましてや、自分のところが輸送に関わっていたとしたなら、追い込まれるのは必定だ。

前者は明治四十二年、後者は大正七〜十年のこと。吉本家が天草を離れるのは大正十三年春だから、直接的な影響関係を考えれば、後者の苓北地域の炭鉱の閉山の影響ということになるのだが、前者に時期的に近い、明治四十三年の不動産登記簿の「事項」の欄をたどっていくと、気になる記載がある。

「債權金九拾圓――抵當權設定ヲ登記ス」

前述の「長者番付」では、四十一年の年収で長者であった。それが翌々年の、四十三年には、買った家屋と土地を抵当に、九十円の借金をしているのだ。これは、何を意味するのか。もう少し、吉本権次家の金と人の動きをみていきたい。

順太郎の手紙

I

父や祖父が天草でどのような生活をしていたか、隆明が、書き記すところは少ない。伝え聞くことも多くはなかったようなのだが、その数少ない話の一つに次のようなものがある。「鯉のぼりを立てると、村中から見えたものだ」と、父・順太郎が自慢げに話していたというのだ（二〇〇六年四月談）。

吉本権次・順太郎の家は、高台にあるのではなく、志岐村の中心というのでもない。が、海を目の前にした浜辺にあったのだから、見通しが悪かろうはずはない。村中から見えたというのはその通りだとして、言うところは、そういうことではないであろう。高い旗竿に思い切り大きな鯉のぼりを飾った、ということが盛業の証しであったのだ。

吉本権次に初孫が生まれたのは、大正六（一九一七）年九月。権次の長男・順太郎が同年二月、松森エミと結婚して、長男・勇が生まれたのだ。海を背景に、青空に鯉のぼりが誇らしげに泳ぐ光景も見られたことだろう。が、残された書類を見る限り、家業の発展は必ずしも平坦ではなかったことが読みとれる。

明治四十三（一九一〇）年。この時点では順太郎はまだ十八歳だから、これは、権次の所業といえるのだが、同年四月、権次は、二月に買ったばかりの家と土地を担保として、次のような借金をしている。

天草郡志岐村志岐又四拾番地ノ壱酒井夘曾多ノ為債權金九拾圓辨済期間同四拾七年九月弐拾参日迄（略）支拂ノ定ニテ抵當權設定ヲ登記ス（略）

前々年には年収「七九三円」で「志岐村の長者」となっていながらの借金。借金は、この明治四十三年だけではない。この借金が返し終えない大正二（一九一三）年二月に別人から「百五拾圓」、「百五拾圓」を返した翌月の大正四（一九一五）年三月に、また別のところから「壱百圓」を借りている。その都度、土地が担保とされているのだ。借金イコール困窮を意味するものでないことは、今日多くの企業が、運転資金あるいは設備投資として銀行等から融資を受けている例からも類推される。

前述のように。この明治四十三年は、「黒船」の需要が激減するというこの地区の造船界のひとつの危機だった。権次がやっていた「事業」のうち、持続的に営んでいたと思われるのは造船業。この造船業が揺らぐことがなければ、家業は安泰といえるのだが、この業種は、思いのほか危うい要素を持つ商売なのだ。

『研究報告no.65　木造船工場の実態——天草郡を中心として』に拠れば、造船の仕事は「完全な注文生産」で、船主と造船工場主との直接取引で成り立ち、中間をとり持つ業者はいないから、「工場主は注文を取るために今まで発注してくれた船主のもとへお百度を」踏むのだという。

同書の例は洋型船だが、工場主は、契約を交わした時点で製造費全額の二割をもらい、次に竜骨（骨組）が組み上がった段階で二割を、デッキを張って二割、引き渡し時に二割というように、支払われていく。では、例えば、船主に不測の事態が生じ、工事途中で金の支払いがなされなくなったらどうなるか。前回の吉本造船所の規模についての実地検分をした研究家の田畑澄夫は、そのような場合、船を必要とする人を探さねばならない。買い手がつくまでに時間がかかれば、船は痛み、安く売らなければならないという。田畑は、この業界の怖さを、一時はパーと景気が良くても盛衰が激しく儲けることは難しい仕事という。

さて、権次・順太郎が安定を求めて新事業を考えたとして今に伝えられているのは、「製材」の仕事だ。隆明が、「わりと大型の舟をつくる造船所と製材所のふたつをやっていた」と発言していることは前述の通りだ。では、この地方で、製材業が必要とされるのはどんな場面か。

以下、田畑澄夫の教示に基づいて考えると、まず、造船には製材業は是非とも必要なものではないようなのだ。基本的な製造工程からみてみると、船の材料である木材は、①切り出した丸太を筏に組んで造船所まで運ぶ②造船所には「木挽き」と呼ばれる職人がいて板に挽く。——となると、製材業の出る幕はない。

では、「坑木」についてはどうであろうか。坑木とは丸太を一定の寸法に切りそろえたもので、炭鉱の坑道を内から支える大事な木材だ。吉本造船所の跡を教示してくれた宮崎温は、幼少年期（昭和初年）、志岐村にいた坑木業者を憶えている。業者は、山の木をひと山いくらで買い、山で坑木にして荷馬車で運んでいたという。作業は山でするから、これも製材所の必要はない。

そうなると、残るのは、普通の建物のための建築木材しかない。製材には各種の動力で動かす大型の鋸を用いる。この新しい道具＝「丸鋸」は大正の半ばにこの地方で普及し始めている。チャレンジ精神に富む権次・順太郎は、この丸鋸を購入し、安定の望める建材などの製造に乗り出していたのだろうか。

製材所について、近年、隆明に確認したところ、初めて知る事実が飛び出した。少年時代の記憶で、祖父・権次の指は、人差し指と中指が第一関節のところで切断されていた、あれは丸鋸の怪我ではないかと言うのだ（二〇〇九年六月談）。

そんな折、全国の製材業者を網羅した『民設製材工場一覧（大正八年十二月末日現在）』（農商務省山林局編纂、大日本山林會、一九二一年三月）の存在を知る。が、同書の「熊本」の項の六十九の工場の中に、「吉本」の名も関係のありそうな事象も見出すことはできなかった（〈大正十二年十一月末日現在〉版をチェックするも同断。ほかの年次は未発見）。

ともあれ、二度目の借金は大正七（一九一八）年二月に支払いが終わっている。これ以降大正十二（一九二三）年まで約六年間、登記簿上に債務の形跡は見出せない。むろん、登記簿に表れない借金の存在を考えないわけにはいかないが、あるいは、危機を乗り越え、以後、平穏に順調に推移していたのかもしれない。そんな、大正十二年十二月、吉本権次の登記簿がにわかにあわただしくなる。突然家屋の「假差押」の記述が現れるのだ。

これまで、不動産を担保にすることはあっても、差し押さえられるということはなかった。吉本家の「夜逃げ劇」の始まりだ。建物の登記簿上に次のようにある。

八番　大正拾弐年拾弐月弐拾壱日受付（略）同月弐拾日假差押設定ニ因リ天草郡富岡町（略）森新吉ノ為假差押ヲ登記ス

九番　大正拾参年弐月拾九日受付（略）同月拾八日取下ニ因リ八番假差押登記ノ抹消ヲ登記ス

債権者・森新吉が、金を取りはぐるのを恐れて家を「假差押」にした。それが、十二月二十一日。その二か月後の翌年二月十九日、仮差し押さえは突如取り下げられるのだ。何がどうなったのか？　答えもまた土地の登記簿にあった。権次は、土地を売り払っている。

大正拾参年壱月拾六日受付（略）同日売買ニ因リ（略）酒井夘曽多ノ為メ所有権ノ取得ヲ登記ス

仮差し押さえの取り下げは、この売買の一か月後だから、土地を売った金で借金を返済し、家の仮差し押さえが解かれた、と分かる。不思議なのは、それにもかかわらず、二か月後に、吉本家はこの家を打ち捨てて夜逃げしていることだ。住む家は失われなかった。借金も返済し終えているというなら「夜逃げ」の必要はないであろう。差し押さえは解かれたのに最終的に支払ができなかったのか、という疑問。あるいは別口の借金があったのか、と思わせるのは、今回の取材で、吉本家に金を貸した登記上の相手の話を聞くことができたことに拠る。

吉本家に金を貸した、と登記簿に記録の残る森新吉は、その家族が今も、同じ苓北町・富岡に住んでいる。そして、その森家には、今日に到るまで、吉本家に貸した金についての話が伝えられているのだ。金を貸した森新吉の息子・正利は近年他界したが、生前、借用証文を取り出しては、この金は返してもらってない、という意味のことを言っていた、と、正利の妻・ミヨホは話す。森家は、農地改革で田畑を減らしたが、戦前は大農家で、森新吉は、貯えた金を小口で近隣のひとに貸していた。その貸したなかに、「東京に逃げたひとがいて、とれんじゃった」「（その人は）船関係のひと」「東京に知った人のおらしたけん、行って探してもろたばってん、見つけきらんじゃった」と、ミヨホは姑からも聞かされてきたという。

さて、ここに一通の手紙がある。茶色のハトロン紙様の小型の縦型封筒に便箋が二枚。宛名は「荒木秋三郎」、差出人は「在京吉本」とある、投函したのは、消印と封筒の日付などから大正十四（一九二五）年十二月八〜十日と分かる。宛先の荒木秋三郎は、取材に協力してくれている荒木健作の祖父。荒木健作は今回の取材を良い機会として、順太郎の手紙を隆明に渡してほしい、と筆者に託したのだ。

手紙は、「御手紙拝見仕り候　承レバ酒井様御病気ノ由　拙宅一同驚入り候」と始まり、「呉々モ酒井様ノ御病気御頼ミ申候　先ハ取敢ズ御返事迄　幸徳屋御一同様」で終わる。「幸徳屋」とは荒木秋三郎の家の屋号であるが、その荒木秋三郎から、「酒井様」が病気で手術をしたとの報せがあった。その報せに対して順太郎は、今の自分にはどうすることも出来ない、自分に代わって篤い看病をお願いしたい、と荒木秋三郎に頼む内容だ。

如何ニシテモ此度の御病気の御全快下サル様　御手盡シ下サレ度　拙家一同神掛ケテ祈り居リ候　小生事の未ダ時ヲ得ズ　御恩人ノ御病気ニ際しテモ何事モ出來ザル有様ニテ（略）御満足ニ預ル事の致シ兼候へ共　決シテ酒井様ノ御恩ヲ忘レタルニハアラズ　小生命ダニアラバ一度ハ必ズ報恩ノ時アル可候

順太郎がここで言う、「御恩人」とは誰で、「御恩」とは何なのか。注意深い読者なら、前述の

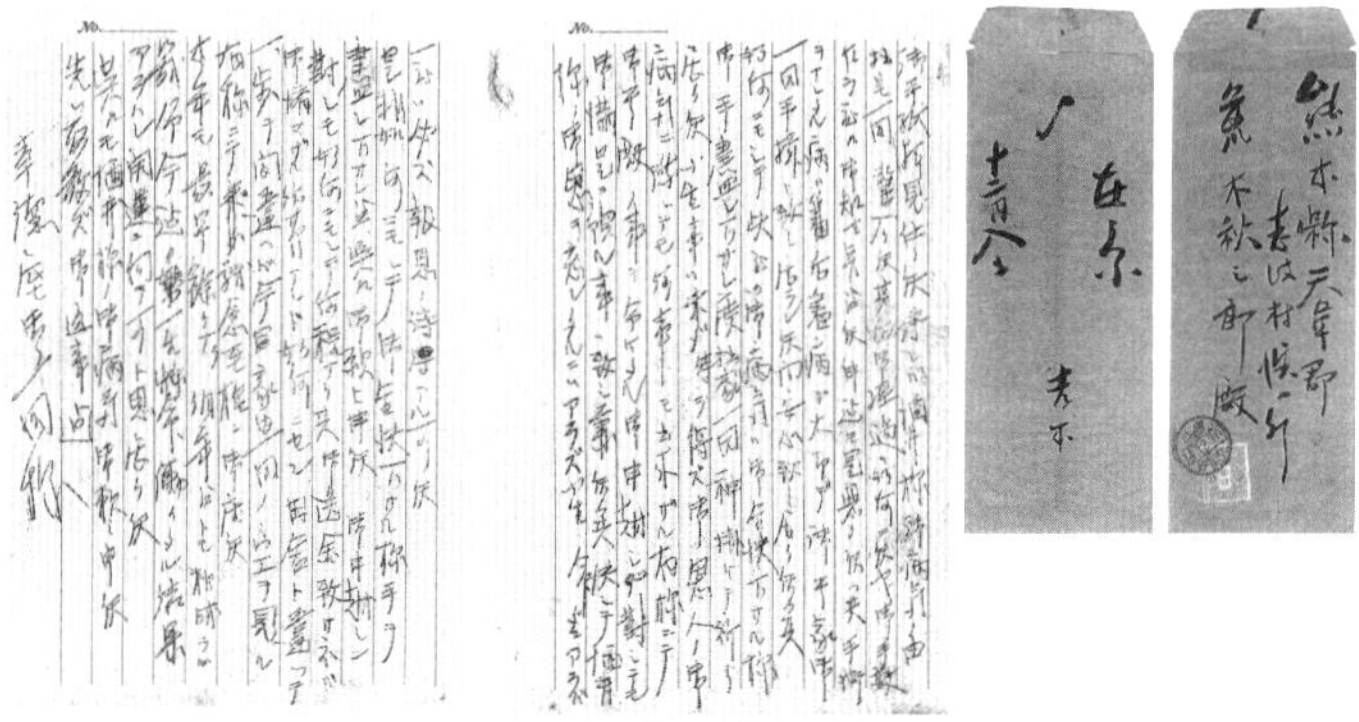

順太郎の荒木秋三郎宛書簡

明治四十三年の借金の貸し手、そして、大正十三年一月の家の買い手が「酒井」であることに気付くだろう。この「酒井様」＝酒井夘曽多《うそた》こそ、吉本家の危機を二度にわたって助けた人なのだ。荒木健作によれば、酒井家は、吉本家の近所に住み、役場に勤める傍ら海産物問屋を営んでいた。手紙の宛名・荒木秋三郎との関係は、酒井夘曽多の妻が荒木家から出ている上に、子供のいなかった酒井家に、荒木秋三郎の長女・サワが養女に入っているという関係だ。

酒井夘曽多は、どう吉本家を助けたか。登記を見る限りでも十分にその厚意は伝わってくる。

まず、明治四十三年、権次に九十円を貸すに際しては、半年後から年二回・四年半の割賦による返済、しかも、他の借金にはある利息の取り決めがされていないのだ。さらに、大正十三年一月、吉本家の住まいが仮差し押さえにあった時には、土地を買い取るという措置をしている。知らない人に売ったなら、上物も一緒でなければ買わないとか、更地にしなければ買い取らない、とかの条件を付けられるかもしれない。

そうなったら、吉本家は住む場所を失うだろう。何より、「假差押」で緊急を要する――迅速で的確な処置からは、金の援助だけではない、吉本家への並々ならぬ厚意が感じられる。

土地を売った金で家屋の「假差押」を解くことが出来た。酒井の側は、あるいは、これで吉本家もひとまず安心、と思ったことだろう。その慮りを裏切る形で、吉本家は天草を出る。吉本権次名義に戻った家屋、非登記の造船所を打ち捨てて。時に権次六十八歳、順太郎三十二歳。戸籍に拠れば、出奔直前の三月十二日、権次は隠居して順太郎を戸主とする手続きがなされている。順太郎が手紙を出した大正十四年の暮といえば、吉本一家が月島に移り住んで約二年。数年後に小さな造船所を起こし貸しボート屋を開く順太郎だが、この時点では、まだ、雇われ大工のようなことをやっていた。四人の子供を抱え、経済的にもどん底の状態であったろう。飛んで帰ろうにも帰れない。恩人の大病に何もできない悔しさは、手紙の行間に滲み出て哀切でもある。

さて、もう一つ、この手紙には、未返済の借金に触れていると思われる次のような文言がある。

御申越ニ對シテモ　如何ニモシテ何程ナリ共　御送金致サネバ御済マザル折節ナレド如何ニセン　田舎と違ツテ　一歩ヲ間違ヘバ　今日家内一同ノウエヲ見ル有様ニテ　残念至極ニ御座候

酒井の近況を知らせてきた荒木が、病気を知らせた上で、少しでも借金を返せないか、と提案・助言してきたことに対する応えと推察される。縷々述べてきた助力とは別に、天草を離れる時点で、酒井家が順太郎に貸し与えていた金があったとすれば、「御申越シ」は当然、酒井家への返済ということになる。が、別様の可能性もある。踏み倒して逃げた誰某の借金に言及して、返さないと酒井家にも迷惑がかかる、ということなのかもしれないのだ。というのには理由がある。後日のことだが、順太郎の姉・ノブの縁者の平井正弘（後述）が上京して順太郎のもとを訪れたとき、誰某に金を返すようにと言いだしたら、順太郎が、「そんな話をするためにきたのか」と怒った、と隆明が筆者に語ったことがあるからだ。平井正弘は苓北町の初代町長を務めた土地の有力者。本人に連絡がつかなければ、関係のある有力者に何とかしてほしいと、解決を依頼するのは充分に考えられる。

　隆明の談によれば、隆明は、少なくとも二回、順太郎が、借金を取りに来た相手をあしらっている様をみている。そのうちの一度はお花茶屋に来た平井正弘だが、あとの一回は、新佃島の二度目の長屋のときというから、隆明は化学工業学校の生徒だった。前述の森家が居所を知らなかったとすれば、森家の他にも借金があったのだろう（借金をした時点が島を出る間際としても、昭和九（一九三四）〜十（一九三五）年には、民法上の「時効」が成立しているから、請求は法的には有効ではない）。

　順太郎の手紙に話を戻す。この手紙の主人公、「恩人」・酒井夘曾多は、順太郎の願いもむなしく、この手紙からひと月後の大正十五（一九二六）年一月七日に没している。

3

時は流れて、昭和三十（一九五五）年代後半。吉本順太郎とエミは、吉本家が初めて買った住宅営団の分譲住宅、今は四男・冨士雄の住居兼事務所（建築事務所）となっている、葛飾区お花茶屋の家に身を寄せていた。長男・勇は同じお花茶屋の駅前に食料品店を開いていた。一方、酒井家もまた、天草を離れていた。酒井家に婿に来た忠義は税理士だが、より本格的に事業を展開するために東京へ。忠義の妻・サワは、忠義の死後、長男の所沢の家に暮らしていた。そのサワのもとを順太郎が訪ねている。

総合商社・兼松株式会社に勤務していた荒木健作夫婦は、一時期、サワの家の二階に住んでいたことがある。ある日、帰宅して、留守に順太郎が訪ねてきたことを知ったのは、当時、立教大学生だったサワの末の息子が、吉本隆明の父が来た、と、興奮気味に話していたからだ。昭和四十（一九六五）～四十一（一九六六）年、時あたかも、隆明の人気は絶大なものがあった。順太郎は、行く先々で隆明を自慢していたから、この時も隆明の著書を携えていったに違いない。信奉者だったサワの息子が興奮したのも無理はなかろう。

この話には、続きがある。順太郎がサワのもとを訪れた後、こんどは、サワが、お花茶屋の順太郎を訪ねているのだ。サワは、順太郎に天草の小さなきれいな石二つを土産にもってきた。サワは、ちょっと様子の良い婦人。冨士雄の妻・美恵子によれば、お花茶屋の家では、「おじいさんのガールフレンドが来た」とざわめいたという。お花茶屋の家族が「ガールフレンド」と言ったのは由なしとしない。荒木健作によれば、順太郎が独身の頃、近所のサワとの間に結婚話が持ち上がったことがあったという。

この頃、天草の人たちと、東京の吉本家のあいだに、もう一つの交流があった。長兄・勇が自分の営む食料品店で、天草の青少年を雇い入れていたのだ。

昭和三十年代は、ちょうど集団就職のブーム。中学を卒業した少年・少女が都会に出て働く。その労働力は、「金の卵」として重宝がられた。

天草には、もともと外へ出る気風があった。クラスで高校へ進学するのは一握り。集団就職に応じる生徒が多かった。吉本家の「夜逃げ」を手伝った山口護の家では、長女の恵子が天草を出た。同級生の多くが名古屋の紡績関係の会社に向かうなか、昭和三十六（一九六一）年、山口(現・中野)恵子が行った先は東京都葛飾区、吉本食料品店。当時、苓北町長だった前述の平井正弘の仲介だ。同学年のもう一人と行った吉本食料品店には、すでに男二人、女一人がいて、いずれも天草の出身であったという。

勇がどういう理由で、天草の若者のみを雇い入れたかは分からない。勇は、オートバイ店、おにぎり屋、食料品店とは別にスーパーマーケット・チェーンに参画と新事業に積極的であった人だが、その反面、故郷への深い思いがあったのだろう。

恵子は二階に部屋を与えられ、店番だけでなく炊事・洗濯・風呂炊きと家事全般を担当した。勇は「恵ちゃん、恵ちゃん」と可愛がってくれ、勇の妻・富美子も丁寧に家事全般を教えてくれた。三年後、妹の山口（現・簑田）幸恵も働きに来た。恵子が天草に帰ったのは、七年間で一度、妹を迎えに行った時だけ、昭和四十年十一月に病死した勇の看病もした、というから驚く。

「お正月に着物を着ても、知り合いがいないから、行くところがないんです。そんなとき、冨士雄さん、美恵子さんのところに行きました。おばあさん（エミ）はもの静かで優しい方でした。おじいさん（順太郎）は東京見物に連れて行ってくれました」（恵子談）。

晩年の順太郎とエミ。四男・冨士雄が引き継いだお花茶屋の家で。

順太郎、エミにとって山口家は、隣に住んでいて特別のつきあいのあった家だ。山口護の父・雪三郎が順太郎と親しかったばかりでない。雪三郎の妻・スマは、エミと、「女同士でとても仲が良かったそうですよ」（幸恵談）という。姉妹はその孫だ。特別の思いがあったことだろう。

吉本家の天草の人々との交流は、こうして、勇の食料品店を中心に復活していたのだ。隆明の初めての天草訪問から間もない頃、勇の娘・靖美は、友達とふたりでエミの実家・松森家を訪ねている。長崎から鬼池に渡った靖美らを松森ハツヨが鬼池港まで出迎え、靖美は松森家に一泊した（土井和代談）。このとき、靖美は天草のほかの親戚も廻って、撮ってきた写真そのほかを順太郎・エミに見せている（美恵子談。靖美は平成四（一九九二）年十一月病没）。そして、これは、順太郎夫妻が死去してのちのことだが、富岡の吉本造船所の吉本由栄の家と富士雄の家のつきあいも始まった。吉本由栄家の義則は子女の東京への進学を契機にお花茶屋を訪れ交流を続ける。平成十（一九九八）年、義則の長女が東京で結婚式を挙げたとき、美恵子は式に出席している。

権次・順太郎が捨てた天草は、三十有余年を経て、融和的な姿で吉本家の人たちの傍にあった。ただひとつ、平和のなかに留まり残る戦さの記憶のような、順太郎の、動かない、こだわりを除いては。再び隆明と両親のやりとりを引く。

> 後年お喋りのついでに、一度郷里がどんなところか見ておきたい、旅行に行くかといっても、父は頑として行く気はないといった。母は行きたそうにしたが、それでも遠慮した。わたしが蓄財にたけていて、父に、出奔して東京へきてしまったときの倒産の借財をきれいにし、なお旦那風の振舞いができるだけの余裕をあたえられたら、たぶん帰郷に同意しただろう。／だが残念ながら逆立ちしてもそれだけの蓄財がなかった。
>
> （『父の像』）

美恵子の語るところでは、このとき、エミには行くつもりがあり、隆明はチケットの用意までしたが、旅行に備えての健康診断の最中に具合が悪くなって取りやめたという。隆明は、母は父に「遠慮して」と書く。おそらくこれは同じことであろう。順太郎のこだわりが消えない限り、夫妻は天草の地を踏むことは出来なかったのだ。隆明は、父に「倒産の借財をきれいにし、なお旦那風の振舞い」をさせ得たら、問題は解決していたはず、と、合理的な見識を示す（どのくらい用意できれば良かったのかという筆者の問いに、二千万円だろうと答えた）。両親の帰郷を実現させようという率直な想い。隆明は、次に見るごとく、順太郎のやや自嘲的な発言には付き合ってはいない。「なぐれる」とは、財産・財力、地位も含めて、落ちぶれた様をいう土地の言葉で、日常的によく使われるという。

「何でなぐれた吉本が……」というのは、何度か父の口から聞いた言葉だったが、わたしが覚えこんだのは「なぐれる」という言葉の語感のよさと、それが横ざまに〈落ちぶれる〉〈失敗する〉という意味をもつことだけだった。（同）

父の「夜逃げ」に決して情緒的には付き合わない。が、おそらく、父・順太郎の心情にもっとも深く寄り添っていたのは隆明なのだ。

わたしは東京で生まれたが、胎内もまた生涯のうちにいれれば、熊本県天草郡に生存の根っこをもっていることになる。（略）父母は家の内ではずっと熊本弁（略）を使っていた。（熊本出身者には）百年の知己のようなうち解けた話し方をしていた。（略）それなのに出京してから生涯、郷里に帰ろうとしなかった。わたしもまた父母の生存中は、たった一度天草の故地をのぞいただけだった。

（「幸いあれ、父母の郷里熊本」、『見え出した社会の限界』所収、コスモの本、一九九二年二月）

吉本家の人々

1

　吉本家の出どころ、御領村大島地区の原《ハル》の部落に行くには、隆明の母・エミの実家、松森家の前の道を途中から山の方にとり、南の方向に少し歩けば良いだろう。やがて、次第に細くなる道の傍らに、広々とした敷地の素朴な作りの神社が現れる。吉本家の氏神「御鉾《みほこ》神社」だ。さらに行くと、辻に出る。吉本家の出どころとなった一帯だ。その辻を右に折れ、一本道を上ると、頂き付近の左手が墓地となっている。入っていくと、吉本家と刻まれた墓所が二つある。手前の方のが吉本本家の墓だ。石垣に囲まれて海を背に立つ墓標があり、墓碑銘が、この土地に特有のやり方で、金色に塗ってある。

　現在、私たちが吉本家の系統をたどろうとするとき、手掛かりとなるのは、吉本隆明研究の先駆者・川上春雄（二〇〇一年九月他界）が遺した資料だ。なかでも貴重なのは、「明治十三年二月更正、「戸籍帳」なるものに基づくノート。ノートには、権次の父・勇八からの人物の関係が書かれており、さらに、「平民、職業は農、氏神 原三《ママ》鉾神社、宗門 真宗浄専寺」との記述もある（日本近代文学館蔵。閲覧協力・同館）。ノートには細部にわたって空欄が多い。が、当の「戸籍帳」の所在が分からず確認できない以上、別の方法で補っていかなければならない。菩提寺の浄土真宗・浄専寺を訪ねて協力を仰ぎ、友人・菅間勇の助力を得て、膨大な量の「法名帳」から該当部分を書き抜いた。その上で、墓碑銘もまた参考にして、関係図を作っていった。

現在、吉本家の系図でさかのぼり得るのは、隆明の祖父・権次の父の勇八が、文政六（一八二三）年生まれであること、その勇八が、同じ吉本一族、「吉本藤九郎」から養子に来て「吉本勇八」を襲名した、というところまでだ。

さしあたって私達に必要なのは、権次に直接つながる人々であろう。手始めに権次の兄弟から見ていくとする。読者には、しばらく面倒な家系の説明にお付き合い願わなければならない。

権次のきょうだい、まず女のきょうだいは、長女・ミチ、二女・サツ、三女・ミ子《ね》、四女・キサと分かっている。男兄弟では、長男・勇吉、二男・権次は長幼の別がはっきりしているが、ほかの男子、嘉造、與七、吉平について誰が何番目なのかは、前述の川上の資料だけでは不分明だ。法名帳、墓碑銘も勘案して、三男・嘉造、四男・與七、五男・吉平と判断した。女子については、四人のうち三人が他家に嫁いでいる。二女のサツのみが嫁ぎ先の記載がない。サツは、二十四歳で死去、吉本本家の墓に入っていることが墓碑銘から確認できる。男子五人、女子四人の計九人のうち、現段階で、子孫がたどれるのは、二男・権次、三男・嘉造、五男・吉平のみだ（嫁いだ女子についての嫁ぎ先は未調査）。

権次の家はすなわち隆明の吉本家だ。そして、五男・吉平の家は、すでに見てきた富岡の吉本造船所の吉本由栄の家。現在、天草にあって吉本家の墓所を守っている——即ち本家に当たるのは、三男・嘉造の家筋なのだが、なぜ、三男が家をつぐことになったのであろうか。その前に、長男・勇吉の家はどうなっているのか。勇吉の生前に妻は死に、明治三十九（一九〇六）年、勇吉は五十七歳で死去。その後、勇吉の二人の男子が二十代で相次いで死んでいる。勇吉の家については、川上のノートには「相続人なし」の添え書きがなされている。すなわち、長男・勇吉の家系は今日途絶えているのだ。

2

明治二十九（一八九六）年の「法名帳」には、父・勇八の死に際し、次のような記述がある。

「釈寅信　吉本嘉三《ママ》父　勇八」

前述のように、後に絶えることになったにもせよ、この時点で長男・勇吉は存命である。長男がいながら、勇八は、三男・嘉造の父として記録されている（施主は嘉造だということを意味する）。明治二十九年の分として記録されているが、あるいはこれは、後年、長男・勇吉の死を受けて施主が代わったときに書き改められたものではないのだろうか。——筆者は、浄専寺の住職にこのことを問うた。住職の佐々木智航は、檀家を二つの寺が担当していた時期があり、完全とは言えないが、記載の分については、後日の書き直しなどはないという。そして、意外な事実を教えてくれたのだ。

「この地方には「末子相続」という習俗があります。その線で考えてみることをお奨めします」。

「末子相続」。九州地方、鹿児島から長崎、五島列島まで連なるライン上の、古くからの習俗だという。

「家」の概念の希薄になってきた戦後から、意識をスライドさせれば、終戦までの日本では、家長である長男が家督を相続することが社会の秩序とされていたはずだ。その秩序＝長子相続は、幕藩体制を支え、明治維新後も国家を支えた。明治五（一八七二）年の「壬申戸籍」は、家ごとに戸籍を作り「戸主」を立てることを庶民に義務づけた。「戸主」となった長男のほかは、「分家」の届けをして家を出る。財産は、長男が相続し、その各個の土地は、農と祭りの基となって国の成り立ちを支え、一方、家を出た二男・三男は、都市労働者となり、軍隊に入り、その労働力で国の経済を担っていく。

が、こうした近世・近代の社会の仕組みに従わない相続が、西南九州においては古くから続いているという。この研究の第一人者・内藤莞爾の『西南九州の末子相続』（御茶の水書房、一九七七年十二月）を読むと、「末子相続」の特色ともいえるものが分かってくる。「末子」といっても、跡を取るのは、厳密に末子というのでなく、二番目の場合も三男の場合もあり、両親との年齢の差などによって様々な事例がある。いわば、「非長子の相続」と言ってよいのだ。その上、調査の行われた地域に特色的なのは、肥沃な農地を抱える村ではないということだ。漁村と特定はできないが、農地を持ちながら漁に関係する土地によく見られる。

これを実際に即して考えてみると、成人した長男がいて両親が健在である場合、成人（或いは成人夫婦）がひとつ屋根の下にふた組あることになる。労働力が倍になっても耕すべき田畑は限られている。長男が家を出ても、未成年の子供は元気な両親が面倒をみることができるから、成人の長男が家にいる必要はない。独立できる年齢になった者から家を出て、手に職をつけ稼ぐ。残ったものが田畑を引き継ぐ。極めて合理的な方法なのだ。下の子供が成人に達するときには、両親は老いているから、家に残った末子（二男・三男）が両親の面倒をみる、跡を取るようになる――これも極めて自然なことだ。この相続の仕方が、古い習俗に根差すというのも、その、自然さから納得できる。

天草地方についての内藤の調査は、新和町大多尾（現・天草市）について行われ、相続者が不定であること、分家の際に財産があれば均等に分割されること、漁業に関係する家々に多い、などの、特色を指摘している。（内藤莞爾・野口英子「末子相続の家族関係的分析――熊本県天草郡新和町大多尾」、『社会と伝承』第十巻、社会と伝承の会、一九六六年十二月）。

また、ごく最近のことだが、現・天草市河浦町で末子相続が調査研究されている。「富津の文化伝承の会」による「天草・富津に今も残る末子相続」がそれで、キリスト教信仰の「講」の中心になるべき人物が家の跡継ぎとなる、という、キリシタン文化との関連の指摘がある（「ふるさとの文化」第二集、同会、二〇〇五年六月）。

この「末子相続」の風習が御領地区においてはどう実行されているのかは、綿密な聞き取り調査を必要とするだろう。が、私たちの取材の過程でも、幾例かが見られた。たとえば、隆明の母・エミの実家・松森家では、二男の栄作が跡を継いだ。これは、長男が「すなばらどん」（砂に注ぐような大酒飲み）であったため、当主・松森民三郎が「私は栄作にかかる（めんどうをみてもらう）」といって、二男・栄作のもとで晩年を過ごしたことによる。松森家の墓は栄作の系統の当主・福司が今も守っている。

浄専寺の佐々木智航は、地元の住民の暮らしを見てきた立場から、この相続の風習が、明治以降の八幡製鉄所などへの出稼ぎを裏付け、戦後の核家族化にまで及んでいるとみている。

初めて天草に来たものが識るのは、親しみと同時に感じる自由さのようなものだ。この土地の自由な感じ、権威主義的でない匂いは、島を出ることを苦にしない出稼ぎの伝統、この「末子相続」と、どこかで通じているのかもしれない。

3

さて、吉本家の人々は、この大島・原から具体的にどこにどのように移動していったのか。長男・勇吉は実家にほど近いところに、四男・與七は福岡へ、五男・吉平は長崎へと、時期は明確ではないが、それぞれ分家しているなか、三男の嘉造のみが父・勇八と同じ地番に分家の形となっている。前述のように、嘉造の系統が吉本家の本家となり、墓を守って今日に至っているのだ。

権次に的を絞って、以下、以前にも触れたところを詳述すれば、権次が分家に際して移住した御領の九八九五番地は、同じ御領でも原から北へ寄ったところ。古里に近いのだ。もっと分かりやすく言おう。吉本家との類縁を検証した浜崎造船所の出どころ、エミの実家の松森家にも近い造船のメッカ、古里地区なのだ。また、川上春雄のノートには、権次が明治三十六（一九〇三）年に志岐に移住した、との記述がある。その志岐の住所「又四〇番地－六」とは即ち造船所の地番だ。実はこの土地は、長く村の共有地だった（終戦後に払い下げられている）。権次は、共有地を借り、そこに不登記のまま造船所を建てたのだろう。

権次が長者番付に載るのは明治四十一（一九〇八）年の年収によってだから、もし、明治三十六年説が事実なら（川上のノートには典拠は示されていない）、権次は四十七歳で志岐に移ってわずか五年で成功を勝ち取ったことになる。権次の分家の地番が、浜崎家、松森家に極めて近いところであることを思うと、船大工の修業を終え、造船所に働いていたというだけでなく、あるいは、「小舟浜」（小さな造船所のこと。田畑澄夫に拠る）を持ち、伝馬船を造る等の経験を積んでいた。満を持して大きな造船所の経営にうって出たことが、その居場所から想像されるのだ。

消息のわかる三家のうち五男の吉平について、新たな発見があった。吉平の孫に当たる義則から提供があった資料に、

「吉本吉市／富岡工場大工組長ヲ命ス／大正八年五月一日／天草造船株式會社」

との「辞令」があったのだ（吉市は吉平の誤記だろう）。

田畑澄夫、平井建治の調査に拠れば、天草造船株式会社は天草上島の姫戸に終戦直後まであり、戦時中には国策に沿って二百トン級の輸送船を作っていた。歴史のある規模の大きな造船所、という。その富岡工場とは？　義則は母から地元の「天草臨界実験所」（「九州大学理学部附属天草臨界実験所」＝苓北町富岡二三二）のあたりに、祖父・吉平の造船所があったと聞いている。となると、その祖父・吉平の造船所とは、吉平の経営していた造船所ではなく、吉平が勤めていた造船所、天草造船所富岡工場を指すと思われる。

義則からの資料の提供によって、さらに判明したことがある。ひとつは、富岡の吉本造船所が「修理」を主としていたと記したが、新造船の写真が見つかったのだ。ある時期、富岡の吉本造船所が機帆船を作っていたことが、吉本由栄が船上にいる進水式写真で証明された。そして、これは、悲しいことだが、法名記から吉平の命日が大正十年二月二十七日と知れた。権次が見舞ったわずか二日後に他界していたのだ。

自身は兄よりも先に逝く結果となったが、大規模な造船所で「大工組長」を務め、息子はのちに自らの造船所を立ち上げた。吉平もまた、志をもった漢《おとこ》であった。

さて、親族の考察は、一時代下って、権次の子どもたち、すなわち、隆明の父・順太郎のきょうだいに移ろう。まず、ここで語られるべきは、順太郎の姉・ノブが嫁いだ田尻家であろう。

田尻家は重要な存在だ。ノブとその夫・田尻高多は、吉本家とほぼ時期を同じくして島を離れ、同じ月島・佃島に暮らしていた。身寄りのなくなったあと、ノブは、吉本家に引き取られるような形で晩年を送り、夫婦は吉本家の墓に眠っている。さらに、吉本隆明本人に近いところで言えば、隆明の次兄・権平は幼児に田尻家に養子に入っている。田尻高多が離島後、橋を架ける仕事に携わっていたことは、隆明の弟・冨士雄の家に残る写真（新潟市の萬代橋の工事）で確認できるが、島にいるときには何をしていたのか。土地の二人の尽力ではっきりさせることができた。

郷土史家・平井建治による発見は二つある。一つ目は『志岐小学校百年誌』（志岐小学校創立百周年記念事業推進委員会、一九七三年十一月）に、高多の父・田尻梁作の名を見つけたこと。明治四十二年の新校舎建設に際し、棟梁・田尻梁作は他の村からも職人を集め学校建築に当たっていた。二つ目は、平井が志岐の天神木《てんのぎ》地区にある天神木天満宮の調査をしていて発見。社殿の天井に掲げられた棟札に「大正二年　棟梁　田尻梁作」とあり、「大工」の一人として「田尻高多」の名があったのだ。さらに発見は続く。志岐八幡宮の宮司・宮﨑國忠が、志岐八幡宮の明治四十一年の再建の折の棟札に、田尻梁作・高多の名を確認した。

吉本由栄・吉本造船所の新造船、進水式。

ここから分かることは、高多の父・梁作は腕の立つ大工で、当時二十〜二十五歳であった高多は父のもとで大工修行をしていたということだろう。

戸籍に拠れば、高多は大正十三年春の順太郎一家の出奔に相前後して、急遽、梁作（戸籍名・喜作）の本家から分家独立の手続きをしている。順太郎の姉の夫という、極めて近い関係から地元に居にくかったと考えられるが、あるいは、この頃には「木挽き」の仕事などで吉本造船所と深い関係があったのかもしれない。いずれにもせよ、吉本造船所が傾かなかったなら、高多は天草で穏やかな生涯を送ったことだろう。

「田尻」は天草に少なくない姓だ。志岐の隣町、坂瀬川を平井建治の案内で回ったとき、田尻の表札の多さに驚いたことがある。あるいは、坂瀬川が出自と思われるが、少なくとも田尻梁作の代からは志岐に住んでいたことが、戸籍によって明らかだ。

田尻高多には妹があった。高多が出奔した後、高多の妹・文江は、初代・苓北町長の平井正弘に嫁ぐ。平井正弘は、隆明の兄・勇の食料品店に天草の子女を紹介したり、上京の折、吉本家を訪れて借金を何とかするように言って順太郎の怒りを買うなどしながらも、上京後の吉本家と天草をつないだ人物だ。

さて、もうひとりの順太郎のきょうだい、妹・西川千代についても触れておく。西川千代が隆明にとって重要なのは、独り住まいになった晩年の千代をどうするか——隆明が次のように悩み、家族と家の問題を考えるきっかけになっているからだ。

じゃあ、うちへ来なよというふうにぼくがいうべきなんですよ。親父だったら絶対にそういっ

たし、親父が生きていたらこんなのにためらったら許さんというか（略）うちへ来なよという
ふうにどうしてもいう器量がぼくにないんですね。

（『学校・宗教・家族の病理――吉本隆明氏に聞く』深夜叢書社、一九九六年三月）

千代がいつ天草を離れたのか確かなものはない。吉本一家と一緒に夜逃げをしたのか、すでに島を出ていたのかは正確には分からない（この時点で千代は二十九歳）。吉本一家との交流がはっきりしているのは、千代が先妻との間に子のあった西川九一と一緒になり、月島で質屋・呉服業を営んでいたあたりからだ。隆明は、東京大空襲のあと安否を尋ねて、あるいは晩年独りになった千代を見舞って何度となく月島を訪れている。

老人ホーム入った千代を見舞うなど、吉本家の「嫁」としての責任を果たした美恵子は、千代が天草に居たのなら、順太郎は千代を天草に残すことはしなかったはず。千代は小さい頃、ほかの家に養育されていたから、少し吉本家の人と違っていると、順太郎が言っていたことを語り伝える。「ほっそりしたきれいな人でした」（上京後の吉本家については拙著『吉本隆明の東京』参照）。

さて、最後に、気になるもう一つの「吉本家」について報告し

親戚の吉本酒店は菩提寺の近くにある。

ておこう。菩提寺の浄専寺のほど近く、バス停のある角に「吉本酒店」の看板がある。吉本一族としてはっきりしているのは、昭和初期、この「吉本酒店」から本家の嘉造の五男・藤九郎に嫁いだ三女・カツヱがいることだ。造り酒屋「吉盛屋」として栄え、古い歴史を持つこと、嘉造には杜氏の経験があること、墓所が、前述の、吉本本家の墓と同じ区画にあることなどから、さかのぼれば、さらなる縁戚関係があるのではないか、と思われてならない（カツヱの兄は森田家に入った元・苓北町助役・森田次善）。

4

吉本一家が天草から東京に「夜逃げ」した大正十三年四月、順太郎・エミ夫妻には、二男、一女がいた。このうち、長男の勇はちょうど就学の年齢だった。東京・月島に住まいして分かったのは、「なまり」のために勇と近隣の子どもの間に会話が成りたっていないこと。からかい、いじめの兆候も見て取った両親は、勇の小学校入学を一年延期する。隆明は──母・エミの胎内にいた。隆明は、ほかの兄弟と違って自分だけが暗いのは、「夜逃げ」と、それに続く一家の苦労のどん底で生まれたからだと語る。

兄弟と比べると何となく、「俺だけ暗いのが好きだ」というふうでした（略）それでもって僕が考えたことは、自分の生まれた年のことでした。（『幼年論』）

天草をすてた頃、母は兄と姉の手をひき、わたしを胎内に入れていた。月島辺りに住みついて半年経つか経たないうちにわたしは生まれたとおもう。父母にとって生涯最大の出来ごとの影響は、子供の兄や姉よりも腹中のわたしに対するほうが大きかったのは疑いない。／知らない場末の町と小さな借家、故郷をすてた侘しさと貧しい生活、祖父母の世話、侘しさと心細さを除ける方法はなかっただろう。（『少年』）

暗さは母との関係に現れた。

若き日の隆明の父・順太郎と母・エミ。熊本の写真館で。

少年もまた、いまでは殺傷したり、親から殺傷されたりする。だが、ほんとは、そんな子は一歳未満までの胎乳児期に、すでに大抵は母親から殺傷されているにきまっている。（『少年』）

この傷がどれほど深いものであるか。隆明は、究極ともいえる、次のような告白をしている。

（母の臨終の時に）もう少し頑張れや、といった言葉をかけたりしながら、僕が母の手を握っていたんですが、最後に「もう頑張れないよ」って言って僕の手を握り返した。そのときのことがものすごくひっかかっているんです。／本当だったら、母は終始僕の手に触っていたかったんだと思うんです。自分でも何がひっかかってるのかよくわからないのですが、そのとき僕はそういうのは嫌だという感じでした。（略）なぜだろうと考えると、どうも、赤ん坊のときから三歳ぐらいまでの間に**僕は母にかわいがられたという記憶がない**んです。（略）僕が手を握るぶんにはなんでもないけれど、母が手を握ってくるのは嫌だなって思っていました。最後の最後にそんな記憶が表に出てきて、あんな気分になったのだと思うんです。／（「もう頑張れないよ」という）あの言葉をいうまでは、母が僕の手を握ったとか、僕に手を握らせたということはなかった。あえて僕が避けていたからです。それがものすごくひっかかっています。

（『幸福論』青春出版社、二〇〇一年三月。ゴシックは原文）

母に手を握られるのは嫌だった——母の忌避は、そのまま、母性との交流不可能性、あるいは母性の〈拒絶〉につながる。〈島を出る〉という関数でとらえるとき、母についての記憶は、このように〈拒絶〉につながっていくのに比べ、父・順太郎についての記憶＝父の挫折は、以下のように、希望につながって揺るがない。挫折を超えて、いな、挫折者であることがそのまま父への尊敬となっていくのは、驚嘆すべきことだ。

また、同時に決して人生の勝利者でなかったわたしの父の生涯をおもいやった。だが不思議なことに父は存在として屋根とか庇とかのような存在感を保持していた。これは四十歳をこえたとき父が死んでことさら切実に実感された。

（『父の像』）

隆明は具体的エピソードを交えて語る。

（ぼけて、故郷・天草に帰りたいという権次に）父がぴしゃりと言いこめてしまうのをどんなに望んだことか。だが父はおじいさんのそばに行くと、もう少しゆとりができたら故郷《くに》に連れて帰るから、しばらく辛抱してくれ、としずかな口調でなだめるのだった。（略）今はそれどころではないのがわからんのか、と怒ればいいのにと、どんなに思ったかしれない。（略）わたしたち子供に背中を見せて、いつも諄々とおじいさんにおなじことを説いていて、感情を走らせることも、言葉をはしょることもしない父の姿は、わたしには生涯超えられないだろうとおもう。

（『少年』）

四十歳の隆明なら、誇らしげに、宣言するように、「放棄・犠牲・献身にたいする寛容と偏執は、父とこの教師以外から学んではいない。」（「過去についての自註」、『初期ノート』試行出版部、一九六四年六月）とただに断言したであろう。が、七十歳に前後する隆明は、その父・順太郎のたたずまいを、言葉を選んで具体的に伝えてくる。その上で、隆明は言いきる。まるで、少年のようなまっすぐさで、こんな風にまで言い切る。

わたしの父親は無教育の船大工の棟梁だったし、失敗した生活者の生涯と呼んでいいとおもうが、つくづく偉大な父親だったとおもう。（「父の像」、『見えだした社会の限界』所収）

けれど、少年の直截さと異なるのは、こう言いきるまでに隆明が成し遂げている作業だ。父と自分の間から、余分なものを可能な限り省いていく。その最重要なものは——と私たちには思えるのだが、父・順太郎イコール船大工という、幾度となく誇らかに語ってきた、その、「船大工」を、父の上から取り去ることだ（筆者は、隆明が父の造った船のへ先には独特のカーブがあって、と、空中に描いて見せるときのうれしそうな笑顔を思い出す）。七十二歳になって初めて、隆明は、船大工でない父の姿を書く。

父の仕事の衰退期の記憶もある。子ども心にもなんとなく得体の知れない感じがした。それはどんな職業にも当てはまらない気がしたが、少し長じてくると、それがわかった。東京港湾（品川沖）に入港してくる大小の汽船から廃油や廃油缶を回収して、再生工場に送る仕事だった。

（略）もしかすると父は、じぶんで廃油の回収・精製まで職業にもってゆきたかったのかも知れない。廃油と廃油缶の回収だけでは屑鉄の仕切屋さんのような感じがあって、父の過去の誇りが傷んだにちがいない。

（『父の像』）

順太郎は「東京港湾沖商組合」に属していた、と隆明から聞いて「沖商」・「沖売り」の経験者を探して話を聞いたことがある。沖に停泊する大型船に近づいて、水を売る「みずや」、船底にこぼれた米や石炭を集めて売る「さなや」——港湾には、ありとあらゆる仕事があったという。もはや「船大工ではない父」を、七十三歳になって、なぜ、隆明は突然のように書きとめたのであろうか。「船大工」という〈属〉を取り去ったあとの「父」を語ることは、何も持たないことの価値を問うことのように思える。

貧困というのは物質的な不如意ではなく、関係性の貧しさだという考え方に固定していた。（略）関係の貧しさ、これは疑いようがなかった。親戚、田舎（郷里）……など、本来あるべきものがほとんど見当たらなかったから。

（『父の像』）

島を出た父、という〈関数〉で世界をとらえることは、隆明が新たに獲得した視点なのだ。その見方に立てば、祖父・権次が一代で築いた造船所も、浜に翻る鯉のぼりも、「順報丸」も——

消える。島に生まれ島に生きてきたひとりの男としての父がくっきりと描かれる。

海辺や離島に住む者と内陸地に住む者のいちばんの違いは、流動性と固定性ということにちがいない。（略）父は（略）、いつも孤独で、考え深そうにみえた。あの鋼のような色をした孤独な背中が好きだった。わたしが後年みた父の郷里の海は、まばゆいばかりの明るい緑色の光にみちていてまるで他界のようだったから、父の鋼いろの孤独は、流動しながら作られたにちがいないとおもった。

（『父の像』）

その父・順太郎と共に隆明は問うのだ。

たとえば、どんな文学者の自伝にあらわれた父性像や家族像にも、必ず一種の由緒がみえる。それは書くものが来歴を美化するためか、ほんとにそうなのかわからない。しかし、由緒のない父性像や家族像や、それに見合った自分の像を描けたらという願望を失うことができない。しかし東京の植民地と仇名された地域で産まれてから、父が死ぬまでのことをかんがえると、どこにも、由緒らしきものはなかった。（略）ただじぶんと父との関わりに関するかぎり、そんなものはどこにもなかった。それは文章たりうるか？　この疑問に近づこうとするモチーフがあるときだけが文章たりうるとおもえた。

（『父の像』）

父は願望しようとしまいと「遊民」ではなかった。「遊民」にもなりえなかった。まして「高等遊民」にはなりえなかった。ひそかに記してみたいのは、「遊民」でないものが、「遊民」以上の視野の可能性をもちうるという場所がありうるのか、ということだ。（同）

この二つで、隆明が言っているのは、〈そうでないものがそうであることはできるのか〉あるいは、〈そうであるものがそうでなくあることはできるか〉という問いだ。この問いは必死の問いだ。そして、この必死さの分、願いは、その問いを問う時にのみ可能になる、と隆明は言っているように思われる。〈願い〉がかなってある、まるで〈他界〉のようなその〈場所〉が、島と海と、そして天草に触れて語られてあることに、感慨を覚えずにはいられない。

（天草を訪ねて）途中には地図などに記しようもない小さな島が無数に点在しているのにびっくりした。もうひとつ驚いたのは秋口の晴れた日の午後だったと思うが、白色光がまばゆく輝き、水面に乱反射してまるで異世界の豪華な白色光の中にいるような感じの明るさだった。ああこれが日本列島（ヤポネシア）の南西部における「海上の道」の彼方に描かれた柳田・折口のユートピアに至る想像上の道筋かと思った。（略）わたしはどうやらこの父祖の地を訪ねて、他界のまばゆい白色光の世界まで見せられたらしい。（略）やはり父祖の地を詣でることを侮るべきではないなと本気にそう思った。彼（谷川雁・一九九五年二月死去――石関註）はいまどのあたりにいるのだろう。

（「谷川雁のことなど」）

魚津——敗戦の原点へ

八月十五日の海

I

終戦の年の富山県魚津は、連日三十度近い暑さに見舞われていた。昭和二十（一九四五）年、八月十五日。風はほとんど吹かず、空にはわずかに雲があったが日射しは強かった（気象庁記録）。日本カーバイド工業魚津工場の広場に人々が続々と集まってきていた。広場は正門を入ってすぐのところにある。神社、守衛室、事務所の棟に囲まれた小さなスペースだ。八十人はいたろうか。工員・職員に混じって、吉本隆明ら東京工業大学の学生三人の姿もあった。三人は「徴用」の命を受け、四か月ほど前からこの工場で働いている。放送はアナウンサーと情報局総裁の先触れで始まり、「君が代」に引き続いて、ラジオにつないだスピーカーから天皇の声が響き始める。雑音が多く聞き取りにくかったが、放送の後半にかかるころ、隆明は、とぎれとぎれに聞こえてくる言葉をつなぎ合わせて、〈声〉が戦争に負けたことを告げていると気づく。そして、終わり近く「万世ノ為ニ太平ヲ開カムト欲ス」という言葉に到って、逃れのようもない敗戦の事実を悟ったのだ。約五分間の「玉音放送」のあと、改めてアナウンサーによって詔勅が読み上げられ、内閣の布告などが続いたはずだが（竹山昭子『玉音放送』晩聲社、一九八九年三月）、隆明の記憶にはない。人々が解散するなかで、隆明がとった行動は、自分でも予想していなかったものだったろう。

わたしは天皇の放送を工場の広場できいて、すぐに茫然として寮へかえった。何かしらぬが独りで泣いていると、寮のおばさんが、「どうしたのかえ、喧嘩でもしたんか」ときいた。真昼間だというのに、小母《ママ》さんは「ねててなだめなさえ」といい蒲団をしき出した。わたしは、漁港の突堤へでると、何もかもわからないといった具合に、いつものように裸になると海へとびこんで沖の方へ泳いでいった。水にあおむけになると、空がいつもとおなじように晴れているのが不思議であった。そして、ときどき現実にかえると、「あっ」とか「うっ」とかいう無声の声といっしょに、羞恥《ママ》のようなものが走って仕方がなかった。

（「戦争と世代」、『模写と鏡』所収、春秋社、一九六四年十二月）

尋常でない行動を隆明にとらせてしまうほど、隆明にとってこの日の衝撃は大きかった。大事に保ってきた見方・考え方が音を立てて崩れる。敗戦がもたらした既得の価値の崩壊が、詩人・思想家の吉本隆明を生むための、いわば必須の要素であったことについて、後日、隆明は書き記す。

終戦の日に隆明が泳いだ魚津港。

> わたしは半世紀まえに日本の愚かな軍国学生のひとりとしてアメリカにたたきのめされる敗戦を身をもって体験した。じぶんの主観的な誠実も献身も文学好きの読書の教養も、何の役にもたたず、愚かな見当外れの判断にしかならなかった、わたしに足りなかったのは何かを、精神と生活のどん底にありながらかんがえぬくことから敗戦後の生涯がはじまった。
>
> （「軍国青年の五十年」、『見えだした社会の限界』所収）

ただに文学が好きであっただけの理化学の学徒が比類ない独創の思想家に変貌するには、まず、既得の価値の崩壊が必要だった。崩れてしまった地点から、決して短くない苦闘の時を経て隆明は立ち上がる。が、思想上の解決をなし遂げて上記のごとく穏やかに振り返ることが出来るようになっても、あるいは、五十年を閲しても、敗戦の日の《衝撃》の根源的深さを伝えるには、幼児の体験と並べてみる（前者二例）、あるいは、詩のように表現する（後者）、といった方法を取るしかないほどなのだ。

子供のときとおなじように、しばらく泣き寝入りして眼を覚ますと、いつものように港の突堤に出て、波に身をまかした。どこまでも泳いで行きたかった。

（「戦争の夏の日」、『初源への言葉』所収、青土社、一九七九年十二月）

わたしは文字通り「泣き寝入り」して夕刻近くに眼をさました。（略）自分で判っていることは幼少年期から、かんの強い泣虫だったことくらいだ。（略）だがどうして泣いたのか、自分の考えとは何の関わりもないところから発せられた敗戦降伏の宣言を聴いただけでどうして独り部屋に帰って泣いていたのか、まったく判らなかった。

（「一九四五年八月十五日のこと」、「小説現代」二〇〇八年九月号）

わたしが世界がひっくり返るほどの事態を感じているのに、なぜ空はこのように晴れ、北陸の海はこのように静かに、水はこのように暖かいのだろう。

（「戦争の夏の日」）

さかのぼれば、昭和十九（一九四四）年十月、隆明は、米沢工業専門学校（「米沢高等工業学校」の戦時改称）から東京工業大学に進学した。理工系の学生は徴兵を猶予される。大学に進学することは特権をさらに継続することになる、大学への進学は、自ら選びとった道だ。後述するように、ただちに戦場へ、と呼びかける校内の運動に抗して、隆明は進学を選び取る。が、それは、戦争に参画する意欲のなさを意味するものではなかった。「十代の後半から（略）二十歳以上は生きられないだろうな、軍隊に行ったら、それは死ぬとき」「兵隊に行くのはいつでもいいよ」（『遺書』角川春樹事務所、一九九八年一月）という覚悟は、踏み留まったがゆえに強まっていた。

文科の学生たちは軍隊に動員され、高工時代の同級生たちもほとんどすべて軍隊に入っていた。いわばたえず特権的な感じから追跡されていた。だからこそ一途に純粋に献身的な思いへ、じぶんを追いやっていたのかもしれない。（「戦争の夏の日」）

その「一途に純粋に献身的な思いへ」とはどのようなものであったのか。振り返っている論考の、元の稿が書かれたのは終戦にほど近い時点だ。

わたしは、徹底的に戦争を継続すべきだという激しい考えを抱いていた。／死は、すでに勘定に入れてある。（略）死は怖ろしくはなかった。／反戦とか厭戦とかが、思想としてありうることを、想像さえしなかった。／傍観とか逃避とかは、態度としては、それがゆるされる物質的特権をもとにしてあることをはしっていたが、ほとんど反感と侮蔑しかかんじていなかった。／戦争に敗けたら、アジアの植民地は解放されないという天皇制ファシズムのスローガンを、わたしなりに信じていた。また、戦争犠牲者の死は、無意味になるとかんがえた。
（『高村光太郎』飯塚書店、一九五七年七月——「あとがき」に「数年来、かきためてきた」とある）

昭和十九年九月二十五日に米沢工業を卒業して、隆明は東京に戻る。在学中の昭和十八年（一九四三）十二月、隆明は、陸軍中尉の次兄・田尻権平（養子に出る）を移動中の飛行機事故で失っていた。工業学校卒業後、応召、幹部候補生の試験を受けて軍人になった兄だ（拙著『吉本隆明の東京』参照）。

十月一日付けですでに学籍は東京工業大学電気化学科にあったが、帰京した隆明がやったことは、住まい（葛飾区上千葉）に近い墨田区向島の「ミヨシ化学興業」（のちの「ミヨシ油脂」）に通うことだった。米沢工業の卒業生がミヨシ化学興業の研究室の責任者でおり、その縁で、単独の勤労動員としてミヨシ化学興業の研究試験室で働く。当時、ミヨシ化学興業では航空機の潤滑油の開発をしていた。この実験室に隆明は年の末まで通った（二〇〇七年談）。研究室で実験を手伝う毎日の楽しさを隆明はのちに「黄金風景」と回想している（「たった一つの黄金風景」、『背景の記憶』所収、宝島社、一九九四年一月）。

あくる年の春、隆明は、東京工業大学の主任教授、杉野喜一郎に呼び出される。同じ電気化学科の同期の二人、竹内勝、中村実とともに富山県下新川郡道下村（現・魚津市）にある「日本カーバイド工業株式会社魚津工場」に「徴用」で行くように、という話だ。杉野の指示で隆明らが魚津に向かったのは、おそらくは、昭和二十年の四月だろう。隆明は、大学の文学仲間、加藤進康にクラス仲間で出す雑誌の原稿を託し、加藤に呈する随筆一編と次の手紙を残して、東京を立った。


拝啓　いよいよ魚津へ出かけます。あとは宜しくお願ひします。原稿として「雲と花との告別」を提出します。

「哀しき人々」といふのは君にあげます。

もう僕も二十二歳で、あと二年間は要《カナメ》だといふ気がします。化学の勉強と詩の勉強を一心ふらんにやりたいと願ひます。化学は日本の国のために、詩は遺言として。

矢張り愚かですが、俺が頑張らなければ日本の国は危ないと信じます。

自分一人のいのちは捨ててもいゝと思ひます。唯現実が自分に悔ひない道を開かしめ給へと念ずるのみです。

さやうなら
元気で頑張っ《ママ》て下さい
僕は国史をしつかり血をもつて知り、神ながらの道をほんとうに信じてゐます。

あゝ僕のゆくみちに光あらしめたまへ。

隆明
加藤君へ

（川上春雄「吉本隆明年譜　年代抄」）

隆明ら三人は、何の目的で、はるばる魚津まで行くこととなったのか。そして、隆明らが働くことになった「日本カーバイド工業」とはどんな会社か。隆明が半年近くを過ごした魚津の町はどんな所か。

2

終戦の年から六十二年後の二〇〇七年八月十五日、魚津の駅の南東の出口に筆者はいた。空は晴れ、日は照り、わずかに風があった。駅前の広場は閑散としていた。魚津市は、「埋没林」と春の蜃気楼、夏の「たてもん祭り」が有名だが、ちょうどその祭りが終わったばかりだ。

日本カーバイド工業の工場は、JR北陸本線の線路を挟んで北西側、日本海の側にある。その方向に改札口はないから、駅前の広い道を右に折れて賑やかな商店街を線路と並行に進む。右折してガードをくぐると、そこで早くも往時の「カーバイド」工場の明らかな痕跡に出会った。道の端に、雑草の茂った線路の跡がまっすぐに続いている。この軌道の跡こそ、かつての「日本カーバイド工業」の繁栄の証し、カーバイドの材料の石灰石やコークスなどを運んだ貨物列車の引き込み線なのだ。

年配の人なら、「カーバイド」といえば夜店の照明のアセチレンガス独特の匂いを思い出すだろう。カーバイドは照明に用いられもしたが、窒素と反応させて肥料用の「石灰窒素」、さらには、窒素化合物やアセチレンから、メラニン樹脂、ベンゾール、合成ゴムなどが作られていた。が、現在、同社でカーバイドが作られることはない。社名にその歴史を刻みつつ、日本カーバイド工業は、パソコンなどのセラミック基板、標識などの再帰反射シート、粘接着剤などを主力事業に、海外にまで進出している。生産の現場も、新製品に対応して発展した滑川市の工場が中心だ（工場管理部の説明に拠る）。

日本カーバイド工業魚津工場（2010年9月）。

　今は構内の多くの施設が取り壊され、二万坪の敷地のなかで隆明が働いていた頃の面影を残すのは、正門近くにそびえる錆びた石灰炉くらいだ。が、全盛期の同社は違っていた。「通勤路が初詣の参道みたいでした」と語るのは、魚津女学校を昭和十六（一九四一）年に卒業した後、日本カーバイド工業に都合二十二年勤めた葉勢森美代だ。カーバイド通りといわれた正面の道はいつもごったがえし、町には付属病院があり、社宅があり、運動場があり、青年学校が建てられ、町は「カーバイド」でうるおっていた。いわば、日本カーバイド工業の「城下町」だった。

　そのカーバイド工場も、戦時下には、軍の管理工場の指定をうける。葉勢森によれば、機密保護のため「カーバイド」といわず数字で「護国〇〇〇〇工場」と呼び名が変わり、応召のため一九四三年に九百名はいた従業員も激減した。人手を失った工場では、男女、年齢、職種の区別なく重労働にも従事した。製図のトレースが本職の葉勢森も、貨車が入ってくるとスコップを手に荷下ろしをしたという。「半島移入労務者」が欠かせない労働力ともなっていた。

さて、このカーバイド工場が、上記のような製品を造るばかりであったなら、隆明がはるばる富山の地まで来ることはなかったろう。

隆明らが魚津の工場へ来ることになる背景には、この工場と、ある人物との深いつながりがあった。東京工業大学教授、杉野喜一郎。隆明の指導教官は、日本カーバイト工業と深い関係をもつ人物なのだ。

社史『日本カーバイド工業株式會社二十年史』（一九五八年二月）を開くと、「外部研究」の「東京工業大學関係」の章には、九項目の委嘱研究、二十五の杉野教授の特許が並ぶ。関係の深さは、当の教授の言葉にも表れている。教授は、自分と日本カーバイドと関わりの深さを記し、「工大助教授に任命されたので魚津へ正式に赴任する事は出來なかったが、氣持は殆んど同一で一嘱託」と記す。国立大学の教員と私企業の関係として、あるいは、「産学協同」の先駆的見本というべきなのか。

さて、隆明を魚津の地に運んだ発明が、実は、この委嘱研究の一つにあった。「過酸化鉛電極及び其の應用研究」。過酸化鉛を白金に代えて電極に使う――主任教授の加藤與五郎博士から研究を引き継いだ杉野教授は、この手法を過酸化水素の製造に応用。濃縮過酸化水素の製造を容易にするプロジェクトに取り組み始めた。
では、大戦末期のこのとき、なぜ、過酸化水素が必要とされたのか。ここで、発明は軍事作戦に結びつく。有人ロケット戦闘機「秋水」。アメリカの爆撃機Ｂ29を迎撃すべく開発中の航空機には、燃料として過酸化水素が必要とされた。ロケット戦闘機はまだ出来上がっていたわけではない。隆明が燃料製造に取り組んでいた頃、魚津とは反対側、太平洋の沿岸で実験と搭乗訓練が進められていたのだ、

昭和二十（一九四五）年三月十日午前〇時過ぎ、東京の上空に現れた約三百機のＢ29は、三十六万発、一六〇〇トン余りの焼夷弾を東京下町に投下し、二時間ほどの間に約十万人の非戦闘員の命を奪った。それ以来、日本の主要都市は北から南まで、アメリカ軍の空爆にさらされるようになる。三月十日以降、アメリカ軍は、無差別に「市街地」を焼き払う戦略を明確にとり始めたのだ。

無差別爆撃は、アメリカ軍にとって幾つかの条件が重なっての戦略変更だった。ターボーエンジンで、高度九〇〇〇メートルを四〇〇〇キロの巡航速度で飛ぶ、完全機密ボディの長距離戦略爆撃機、「Ｂ29」。その本来の戦略は、高高度からの精密な爆撃にあった。が、日本上空で爆撃を始めてみると、偏西風の影響を受け、天候に左右され、工場・軍需施設への高高度爆撃が思うに任せない。そこへ従前からあった「焼き尽したほうが早いのではないか」という考えがもたらされ

る。ピンポイントの職人技にこだわる指揮官が更迭される。非戦闘員を巻き込むべきでないというヒューマニズムが捨てられる。「軍事関連施設」を選んで「爆撃」するのでなく、夜間に低高度から目標を選ばず、焼夷弾を雨と降らせる、焦土作戦・無差別爆撃になだれ込むのだ。使われた主力の焼夷弾「M69」は、日本の木造家屋を想定した特製品で、実は三年前から実験が重ねられ、用意されていた。

E・バートレット・カー著『東京大空襲』（大谷勲訳、光人社NF文庫、二〇〇一年三月）は、アメリカ軍が昭和二十年三月十日未明の東京大空襲へ歩を進めていく様を論理的にたどった名著だが、同時に日本人が空を仰いで慨嘆していたばかりでないことも教えてくれる。日本軍の反撃が効を奏して、アメリカ軍は一晩で十機以上のB29を失う夜もあった。現に東京大空襲では十四機が「未帰還」になっている。

が、実際のところ、高高度で侵入してくる敵を迎撃するのは並大抵のことではない。日本の高射砲でB29の巡航高度に砲弾が達するものはわずかしかなく、レーダーも未発達。戦闘機の大部分は六〇〇〇メートル以下でしか戦えない。限られた局地戦闘機が時間をかけてB29の高度に達しても、希薄になった空気が能力を奪う。体当たり戦法が主流になるしかなかった。

従来の、プロペラ、レシプロエンジンの機に代わる戦闘機はないか。襲来するB29を早期に迎え撃つことの出来る戦闘機、九〇〇〇メートルの高度まで短時間で達し、薄い大気のなかで戦うことのできる飛行機は。

「秋水」(ファインモールド社製プラモデル 1/48)

選ばれたのは、噴射推進式飛行機、有人ロケット戦闘機だ。以下、渡辺洋二の先駆的なルポルタージュ「秋水一閃」(『異端の空――太平洋戦争日本軍用機秘録』所収、文春文庫、二〇〇〇年七月)、および、松岡久光の『日本初のロケット戦闘機「秋水」――液体ロケットエンジン機の誕生』(三樹書房、二〇〇四年三月)に拠って記せば、見本としたのは、ドイツのロケット戦闘機「メッサーシュミットMe163」。技術中佐が潜水艦で持ち帰ったわずかな資料を頼りに、陸軍・海軍共同、三菱重工が参画して開発は急ピッチで進められた。

一万二〇〇〇メートルの高度までわずか三分四十五秒。希薄な大気の中でも約七分間、戦える。三〇ミリ砲でB29に立ち向かう有人ロケット戦闘機は、「秋水」と名づけられていた。その主要燃料が液体燃料、濃縮過酸化水素なのだが、なんと、一回の飛行に一トン半を費やすのだ。月産二千五百トンを目標に急ピッチで過酸化水素が作られていた。

この過酸化水素を作り出すのには、電極として白金(プラチナ)が必要であった。白金は希少金属である。前述の松岡の著書は、全国民規模の「白金供出運動」が行われた様を詳述しているが、白金でない金属が電極として使えるなら、過酸化水素の製造が容易になる。杉野教授の、過酸化鉛電極を白金代用として過酸化水素を大量製造するプロジェクトの成功が急がれたゆえんだ。

プロジェクトの本格的始動は昭和二十年の四月だろう。社史には「これは戦時研究「呂甲液製造第1」として19年10月に開始され、翌20年1月には工業化の見通しを得、同年4月魚津工場内に試験工場の建設に着手した」とあり（『日本カーバイド工業株式会社30年史』、一九六八年十二月）、また、年譜の昭和二十年の項には「四、二四　海軍省より過酸化鉛電極を使用し過酸化水素製造の研究命令あり」と記されてある（『日本カーバイド工業株式會社二十年史』）。

昭和十九年九月に福井工専（福井高等工業）から日本カーバイド工業に入社した深間信義は、当初、「研究所」に勤務して研究に従事していたが、昭和二十年三月、突如、研究の打ち切りを告げられ、「呂甲液製造第1」プロジェクトの助手に任命された。会社中から人材が集められ、電気分解が専門の製造第二課が中心になって、「実験班」、「建設班」が作られていった。

隆明が「福井工専の学生と魚津中学の生徒が作業を手伝ってくれていた」（「戦争の夏の日」）と書くように、動員で福井工専の学生が加わり、地元、魚津中学の生徒もいた。すでに国家総動員法は中学校にまで及んでいた。地元の「四十物《あいもの》こんぶ」の、四十物直二は、魚津中学生として昭和二十年三月から七月末まで日本カーバイド工業に動員になった。一学年二百名中四十名が適性に応じて配属されて、四十物はメラニン製造の部署だったが、研究関係に行った者もいるという。「極秘のうちにすすめられた」（『30年史』）から詳細は明かされてはいなかったが、当事者である隆明らには、作業のおよその目的は分かっていた。

仕事は過硫安をつくるための中間プラントを建設し、やがて動かすためであった。過硫安から過酸化水素を作りロケットの燃料につかうという構想の一環であったのだろうとおもう。

（「戦争の夏の日」）

むろん白金代用の過酸化鉛電極の重要性も分かっていた。工場には隆明たち学生だけでなく、大学から助教授、実験助手らが派遣されていた。杉野教授も時折現れて、檄を飛ばす。作業はゴム手袋を着けてやるように言われたが、手袋があるとやりにくいのでつい素手でやってしまう。指先から染みた薬品が爪を溶かし痛みをもたらす。夜になると眠れないこともあったという。

一方、太平洋側の飛行施設では、昭和十九（一九四四）年の十月から、滑空機（グライダー）を使って、ロケット戦闘機のための搭乗訓練が行われていた。ロケット戦闘機は帰投するとき滑空で着陸する。その技法の取得は大事な要素だ。

のちに「秋水隊」と呼ばれることになるこの隊は、搭乗員十六〜十八名のほとんどが、高専・大学を卒業した予備士官の少尉だった。ロケット機の製造も急ピッチで進められていた。前記、渡辺洋二の著書によれば、製造には、隆明の出身母校・米沢工専の生徒である寺岡嵩（機械科、昭和二十年八月卒――斎藤清一の教示）も参加していた。勤労動員学生ながら技量を見込まれ、「技手補見習」として製造に深く関わっていた。

隆明らは、小型の装置から始めて、最終的には工場の一角を占める大きさの設備まで作った。滝が落ちるように液体が槽から槽に落ちていき、最も下の槽に到達すると目的の濃縮過酸化水素液が出来ているというような装置だという。

おそらくは隆明らの燃料製造に一定の見通しが付いた頃、ロケット戦闘機も試作の完成をみる。七月七日、横須賀の追浜飛行場で試験飛行が行われ、日本初の有人ロケットは飛び立った。離陸には成功したのだが、燃料系統の不具合で空中でエンジンが停止。滑空着陸に失敗して操縦に当たった大尉は死んだ。二度目の実験はなかった。一か月後に、B29が投下した原爆が広島・長崎で炸裂した。


さて、隆明の魚津での生活はどのようであったろうか。上述のように、作業に明け暮れる生活ではあったが、その間、隆明は一度、魚津を離れている。六月中頃、大学とは別な筋から農村動員の要請を受け、仲間の竹内勝・中村実と埼玉県大里村の農家に農作業の手伝いに行った。竹内とは同じ農家で寝泊りした。

現在の隆明の話によれば、過酷な作業の息抜きになる、という思いも正直あったという。東京に立ち戻り「帰って来ました」と杉野教授の許に挨拶に行ったら、三人はひどく怒られた。農作業は誰でも出来る。魚津での仕事と重要度が違う。それに農作業は勤労奉仕、工場での仕事は「徴用」ではないか、というのだ。

「動員」が無料の奉仕なのと違って、「徴用」は「徴用令」に基づいて国家が強制する業務だ。従って給与も出る。「月ごとに支給される手当も、五円か六円の高額で使いようがないほど潤沢であった」(「戦争の夏の日」)。その上、「東京では思いも及ばない大どんぶりの大豆入りのご飯が、工場の食堂で食べられることも魅力であった。じっさいに魚津にいたあいだ、飢えたという記憶がない」(同)。

待遇の面でいえば、恵まれていたのはそれだけではなかったはずだ。

日本カーバイドの社史によると厚生施設の充実したこの会社には、実に多様な住居が用意されていた。独身工員の寮、所帯持ちには社宅、「半島移入労務者」専用の寮、専門学校・大学卒の社員のための社員寮、はては、東京の本社からの出張者用の宿舎まであった。前述の深間信義は、社員寮で暮らしていたが、その社員寮で、東京工業大学の三人と一緒だったことを覚えている。

深間の記憶は鮮明だ。三人の名前までは覚えていなかったが、ほかに京都大学の講師〈助手〉、陸海軍の技師がいた。寮は二棟あり、一棟は二階建てで一棟は一階建て。食堂は二階建のほうにあり、二棟はコの字型につながっていた。もともと社員の娯楽・慰安の社員クラブ「對山荘」に並べて作られた寮で、白飯が供された(工員の寮は混ぜ飯)。掃除や炊事をする女性が三、四人いた。——迎え入れた日本カーバイド側の担当者であった深間の証言には重みがある。が、隆明の記憶は、深間の証言と食い違う。食事は工場の食堂でとった、寮に食堂はなかったと思う。粗末な、何もない寮だったという。そして、決定的なのは、隆明の「海まですぐだった。港の近くだった」という記憶だ。社員寮は街中にあり、海岸まで一キロくらいの距離。歩くと十分はかかる。海が近いとなると海まで二〇〇メートルの、少年工員・臨時工員を収容する寮「養成寮」しかない。東京の「島」、月島・佃島で生まれ育った隆明は、泳ぐことが習い性になっていた。日々の愉しみは、昼休みや日暮れ前の時刻、すぐ裏の港の突堤や工場の裏を抜けて海岸へ出て、北陸の暖かくないだ海で泳ぐことであった。
（「戦争の夏の日」）

その隆明が海辺までの距離を間違えるだろうか。もしかして、なんらかの事情で大学生が工員の寮に住まうことがあったのだろうか。

結論の出ないまま、海に出てみた。当時は地続きであった浜と工場のあいだは、今は、広い公道が隔て、砂地は埋め立てられて魚の陸揚げ場と海産物販売センターになっている。わずかに残る砂地と、そして、ここだけは昔と変らぬであろう漁港の突堤。隆明に習って泳いでみる。北陸の海は、隆明の言うごとく温かく、そして穏やかだった。

3

終戦の知らせを聞いた八月十五日ののち、隆明ら東京工業大学の学生は、どのような日を過ごしたのか。福井工専の乗京速《はやし》によれば、東京工大生は負けたあとも意気軒昂で、自分たちに「がんばれ」と声を掛け続けていたという。けれど、その内実は別だろう。

その日から外見はひとたちと一緒に笑い、造りかけた中間プラントを壊し、データの書類を焼き、工場の石炭運びを手伝うなどといった後始末の作業をしながら、心のなかは生きていることの恥ずかしさでいっぱいであった。なぜ、世界は停止して空白なのに、笑ったり食べたり、作業をしたりしているのだろう。そういうことが合点がゆかなかった。敗戦のときは死ぬるときと思いつめたものが、生きているのは卑怯ではないのか。

(「戦争の夏の日」)

そんななか、隆明の記憶に残る体験があった。浜辺で福井工専の学生が「お訣れのストーム」をやっているところに出会い、自らも加わったのだ。福井工専の和気嘉一によれば、寮で魚を焼いたりして別れの会を開いたあと有志が浜へ出ていったときのことだろうという。隆明は、この体験を、海岸で演じられる芝居という、不思議なスタイルで書き残している。

前方の砂浜に眼をやると、忽然として黒い僧侶のような衣装をきた数十人の群れが、円陣をつくって佇っているのが視えた。(略)なぜかかれらの円陣は、すこしずつ暗く、すこしずつしぼんでゆくようにみえた。夕陽が水平線にひくく移動したせいかもしれないし、ただ気のせいなのかもしれない。するとそのときはっとしてかれらが何をしようとしているのかがわかりかけてきた。かれらはお互いに別れようとしているのであった。(略)わたしたちが近づいて円陣にふれると、円陣の輪がすうっとそこだけ開いた。わたしも友人もじぶんがそれぞれ輪の開いたところで円陣になった。（略）みんなこれが別れの儀式だと感じていたし（略）もうこのメンバーで再演することもないだろうし、生きたまま会えるとも思っていなかった。

（「思い出の劇場」、『重層的な非決定へ』所収、大和書房、一九八五年九月）

これらのあとで、隆明が魚津を離れたのは「九月の初めかそこら」（「ロングインタビュー吉本隆明」、「而シテ」二〇号、一九八九年九月二十五日）という。東京へ向かう途中に見た光景は、隆明の絶望感をいや増すものであった。

わたしは、敗戦のとき、動員先からかえってくる列車のなかで、毛布や食糧を山のように背負いこんで復員してくる兵士たちと一緒になったときの気持ちを、いまでも忘れない。いったい、この兵士たちは何だろう？　どういう心事でいるのだろう？　この兵士たちは、天皇の命令一下、米軍にたいする抵抗もやめて武装を解除し、また、みずからの支配者にたいして銃をむけることもせず、嬉々として（？）食糧や衣料を山分けして故郷にかえってゆくのは何故だろう？　そういうわたしにしても、動員先から虚脱して東京へかえってゆくのは何故だろう？　日本人というのはい

ストームに加わった魚津の浜。

ったい何という人種なんだろう。

（「思想的不毛の子」、『模写と鏡』所収）

この時期、隆明のとる言動は、この、いわば、〈不審・不信〉のまなざしを考慮に入れなければ解釈がつかないものとなる。

隆明の実家の女性たち（母・エミ、妹・紀子、兄嫁・富美子）は、二十年五月頃から福島県稲田村の農家に疎開をしていた。「決戦教育措置要綱」による休校の命は解かれ、九月十五日に「新日本建設ノ教育方針」が発表されていたが、東京工業大学は再開されていなかった。いったん帰京した隆明も家族の疎開先を訪れて一緒に暮らすようになる。疎開はそもそも、富美子が出産を控えていたのが主な理由であるのに、九月に無事出産を終えたのちも一家が十一月頃まで疎開先に留まったのは、隆明の頑強な反対があったからだ。

兄嫁の富美子は「私たちが、そろそろ東京に戻りましょうと言いますと、反対するのは隆明さんなんです。東京は危ない、まだ、ここにいたほうが良い、と強く言い張るのです」と証言する。隆明は「危ない」というのを、文字通り「危ない」「怖い」という感じで言っていたという。

つまり東京がどうなってるかっていうことがわからない。（略）まあある意味で恐る恐る帰ってきて、ある意味ではまた何かあったら何かやるんだって感じと両方があって帰ってきたわけですけれども。

（「ロングインタビュー吉本隆明」）

ところで、この「何かあったら何かやるんだ」の、「何か」が指し示すものは？　再び、敗戦直後の時期から遠くないところで、この時の心境を語った一文を見よう。

> わたしは、絶望や汚辱や悔恨や憤怒がいりまじった気持ちで、孤独感はやりきれないほどであった。／降伏を肯んじない一群の軍人と青年たちが、反乱をたくらんでいる風評は、わたしのこころに救いだった。すでに、思い上った祖国のためにという観念や責任感は、突然ひきはずされて自嘲にかわっていたが、敗戦、降伏、という現実にどうしても、ついてゆけなかったので、できるなら生きていたくないとおもった。（略）わたしは（略）さっそく平和を謳歌しはじめた小インテリゲンチャ層を憎悪したことを、いっておかねばならない。／もっとも戦争に献心《ママ》し、もっとも大きな犠牲を支払い、同時に、もっとも凶暴性を発揮して行き過ぎ、そして結局ほうり出されたのは下層大衆ではないか。わたしが傷つき、わたしが共鳴したのもこれらの層のほかにはなかった。支配者は、無傷のまま降伏して生き残ろうとしている、そのことは許せないとおもった。戦後、このわたしの考えが、初期段階のファシズムの観念に類似したものであることを知った。（略）／わたしは、出来ごとの如何によっては、異常な事態に投ずるつもりであったことを、忘れることができない。
>
> （『高村光太郎』、飯塚書店）

自ら、「ファシズムの観念に類似したものである」という心情が、〈崩壊〉の底流を流れている。この激情に形をつけることができずに終わっていたなら、今日、私たちが知る吉本隆明はいなかったろう。この激情を構造化しなければならない。問題は、解かれなければならない。いくら待っても、どこからも何ももたらされないというのなら、自力で解かなければならない。

わたしは母親と土地の農家から借りたわずかばかりの畠を耕やしながら、何が起るかわからないその何かを、ただ、じっと待っていたとおもう。またどこから来るかわからない確かな指示を、それが何であれ望んでいた。けれども私が何度でも確認したいとおもうのは、この無権力的な混乱の時期に、わたしたちは何かを起すことも何かの指示をうけとることもなかったということである。つまり左右を問わずすべてどんな勢力も諸個人も、何の構想力も力ももっていなかった。このことは無条件降伏であったか否かという法制上の論議の以前に、はっきりさせておかなくてはならない。また誰がどう弁解しようと無権力の、いいかえればどんな勢力や諸個人が何をしてもいい真空状態は確実にあったにもかかわらず、どんな勢力も諸個人もその可能性を〈視る〉ことも、また空洞を〈発見〉することさえもできなかったのである。

（「遠山啓さんのこと」、『初源への言葉』所収）

これはわたしのためのだけの戒《いま》しめでいいのだが、おもな産業都市は爆撃で焼野原となり、食べ物は芋類と小魚と豆の煮物しかなく、戦犯という名の処刑者と戦死者と負傷者、原爆死傷者などを残して敗戦し、降伏した事実を、「耐エ難キヲ耐エ忍ビ難キヲ忍ビ以テ万世ノタメニ太平ヲ開カム」で済まし、どこにも敗戦とも降伏とも述べずに済ました儒教的倫理《じゅきょうてきりんり》をほとんど自己憎悪した。わたしだけでもよい、この場所から脱出したいとせつに願った。わたしにはこれについて私恨《しこん》はほとんどない。だが、これから脱却できなければアジア的な段階の地域住民の誰もが永続的に駄目な気がする。ヘーゲルのように欧米的な段階がいいなどと夢にも思ったことはないのだが。

（「一九四五年八月十五日のこと」）

復活の作業は、自らが立つ場所を掘り下げることから始められた。今、私たちはその跡を、「初期ノート」所載のメモ・ノート群、詩集『固有時との対話』『転位のための十篇』となる詩群と「マチウ書試論——反逆の論理」などにたどることができる。その、すべての始まりが、日本海を臨む小都市・魚津での敗戦の日にあったことは強調して強調しすぎることはないだろう。

わたしは〈戦争〉ということ〈死〉ということ、〈卑怯〉ということ〈喧嘩〉ということ〈自然〉ということ〈国家〉ということ、名もない〈庶民〉ということ、そういう問いを、北陸道の、戦争の夏の日に知ったのであった。もう何十年になるだろう。

（「戦争の夏の日」）

立山――岩淵五郎を求めて

1

魚津は富山湾に面し、裏日本の海が目の前に広がる町だが、海を背にすれば、南に立山連峰を望む町でもある。古くからの信仰の山・立山は、現在では、立山から黒部ダムに到る観光バスのコース「立山・黒部アルペンルート」として知られている。同じ山脈に連なる剣岳も、新田次郎の山岳小説『劒岳――点の記』（文春文庫、二〇〇六年一月新装版）で話題となり、一帯は、屈指の山岳観光地だ。

今日と規模は異なるが、立山一帯は、大正、昭和と登山愛好家に人気の地であった。魚津滞在の半年の間に、つかの間の憩いを求めて、隆明たち徴用組が立山行を思い立ったとしても不思議はないだろう。隆明は、六月末～七月初めのある日、仲間三人と立山に赴いたことを、次のように書き記している。

飲み屋さんで飲んだ話のつづきで、折角魚津にきたのだから、立山に一度登らないかという話になった。頂上まで登るほどの体力の自信のないものばかりで、おまけに登山の装備ももってもいない。楽に登れるところまで登って、へばったところで泊まろうよというだらしないプランを立てた。せめて弥陀ヶ原の上までと言いながら、称名のところで挫折し、称名ホテルに泊まったというわけだ。（「称名ホテルの一夜」、『想い出のホテル』所収、Bunkamura、一九九七年九月）

8月の立山（室堂より）。

現在の隆明の話では、言いだしたのは、東工大研究室から来ていた鎌田実験助手。その提案に、隆明と、同期の竹内勝、中村実がのったという。立山までどう行ったかの隆明の記憶は定かでないが、一行はまず魚津から富山に出て、「富山地方鉄道」（昭和十八年に県内の鉄道を統合・発足）に乗車したのだろう。約一時間で当時の登山口の駅、粟巣野駅に着く。「楽に登れるところまで登って」というプランがどのようなものであったかはっきりしないが、「せめて弥陀ヶ原の上まで」という、その「弥陀ヶ原」は、溶岩が造った山の中腹の平原にある。四季の草花が楽しめるこの平原は、立山の最高峰・雄山を目指す登山者ばかりでなく、観光バスで山の気分を味わおうという客にも、格好のビューポイントになっている。朝早く立つことはしなかったというから、一行が登り始めた時、すでに午後の遅い時間だったのだろうか。「せめて弥陀ヶ原の上までと言いながら、」その弥陀ヶ原に達することもできなかったのだ。

立山を流れる川に「称名川」がある。川の片側はそそり立つ岩壁で、その崖の上の台地の一角が弥陀ヶ原。弥陀ヶ原に到る登山道は二つ。一つは「材木坂」と呼ばれる坂道を登ったのち台地をゆくもの。これに対し、大正十三（一九二四）年に新たに開かれたのが「八郎坂」だ。新しい登山道は、称名川を川沿いに行き（「称名道路・新道」）、しばらく行ったところ（飛竜橋）で、崖の合い間に横から取りつき、「八郎坂」という名の坂道を折れ曲がりながら登る。「立山本道の悪路を辿るよりも遙かに樂であり、景色も變化に富んでゐる」（冠松次郎『立山群峯』第一書房、一九二九年五月）と、開かれるや人気のコースになったのだ。戦後の昭和二十九（一九五四）年、ケーブルカーが材木坂に架かると、今度は「八郎坂」が古いルートとなるのだが、隆明たちが立山登山を試みた時点では、「八郎坂」が一般的だ。隆明たちは、称名川沿いの道を行き、あるポイントからこの坂を登るはずだった。それができず、川沿いのホテルに宿泊する。「称名のところで挫折し、称名ホテルに泊まった」とは、この間の事情を語ったものだろう。昭和十六（一九四一）年七月発行のパンレット「日本三霊山立山登山案内」（富山市・中田書店）には、「二日行程」で頂上を極めて下山するコースが紹介されているから、日程的に困難なのでなく、「挫折」は、自身で言うように、隆明たちの遊覧気分のせいだろう。

称名川沿いのこのコースの人気を高めたもう一つの要因は、上流にある「称名滝」だ。落差三

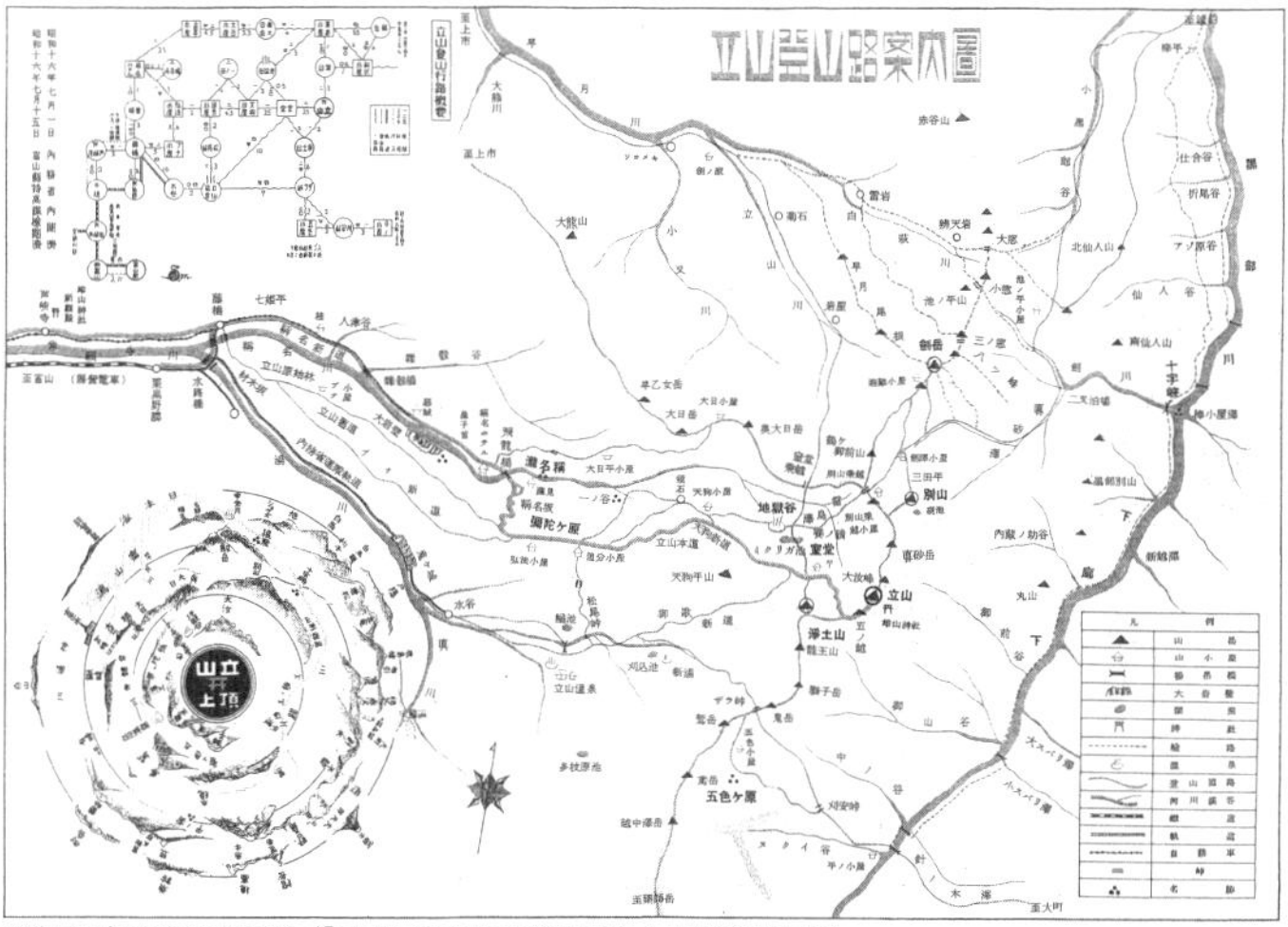

昭和16年の立山案内図（「日本三霊山立山登山案内」中田書店より）

五〇メートル、四段に折れて落ち、称名川になって流れるこの滝は、名瀑の誉れが高い。一行は滝を眺めたのか。道をさらに登れば間近に仰ぐことができ、宿泊した「称名ホテル」の付近からも小さく見えるはずなのだが、隆明は少しも触れてはいない。

滝についても山の景観についても記述はなく、代わりにあるのは、吉本隆明の文学を愛好するものの間では知られる、「称名ホテル」での一夜の体験だ。

> 宿はひっそりとして五十がらみの主人とその奥さんの二人しかいなかった。宿の主人は額はもう禿げあがっていたが、がっちりとした体躯の顔のつやつやしたちょっと気圏のちがった風貌をもっていた。奥さんは屈たくのなさそうな、まめに働き、声をたてて笑う山家つくりのひと

だった。山菜の夕食後、わたしたちをいろり端に案内し、主人は薪をくべ、奥さんは茶を汲んでもてなしながらとりとめのない話をきかせてくれた。山の中で夫婦二人きりでくらしていればこうなるよりほかないとおもわれるように、今日ついたばかりの眼にもふたりの間が温かくすっきりと疎通していることがすぐにわかった。（略）息子は出征していて、いまはこの宿の並びに畠をつくって自給しているといったことが、その夜いろり端できいた夫婦の身上であった。この夫婦は忘れがたい印象を弱年のわたしにのこした。（略）ああ、この夫婦はいいな、この主人の声はすんでいていい声だ、この奥さんは親しそうでいて粘りっけがなくていい。こういう夫婦もこんな山の中だからこそ在りうるのだな。おれたちはどうせ戦争で駄目だが、こういう夫婦に偶然であったことは、おれにはどんなにこの世の土産になるかもしれない、わたしはしきりにそんなことばかりかんがえていた。

（「情況への発言——ひとつの死」、「試行」十七号、一九六六年五月十五日）

この夫婦はいいな、という隆明の思いは、終戦間近かの徴用先の日常を背景として語られる。この文章の背後にあるのは、この日も地方都市で続けられている米軍の空爆の轟音と業火だ。隆明は、いろり端に「ちょろちょろ」出て来る鼠に、まるで家の猫に対するように声を掛ける夫婦の様にも触れている。「おれたちはどうせ戦争で駄目だが」という青年の眼に映った光景が表わすのは、実は単なる回想ではなく、これが書かれた昭和四十一（一九六六）年の時点での隆明の決意・態度なのだが、その話に及ぶ前に、まずは、この「ホテル」は、昭和二十年当時、どんな「ホテル」で、この夫婦は実際はどんなふうであったのか。

いまもあるのか、またどんな立派なホテルに変わっているのか、まったく知らない。

（「称名ホテルの一夜」）

という隆明になり代わるつもりで、立山を調査する。ホテルを探す手掛りはいくつかあった。まずは①「ホテル」という当時としてはモダンな名前。前述の「日本三霊山立山登山案内」には「称名ホテル」としてあるから戦前に「ホテル」の名であったことは確かだ。②隆明は「弥陀ヶ原を眼の上にみあげる平場」（「情況への発言――ひとつの死」）とその立地を言っている。前述のように弥陀ヶ原へ通じる「八郎坂」を登る予定であったとすると、称名川沿いの平場を探せば良い。

立山町観光協会事務局長・井野和英の協力によって、その場所が分かった。立山駅からバスに乗ること二十分。進行方向右手に鉄筋コンクリート二階建ての白い建物が見えてきた。称名ホテルと立山駅の間を行き来する「称名滝探勝バス」の終着駅だ。白い建物の一階は待合所、二階は称名滝を紹介する展示室になっている。広場の裏手は小さな丘があり、丘の隅に「滝見台」の看板。天気の良い日にはこの丘からも称名滝が見えるのだ。丘をはさんで頂上側には、さらに広い

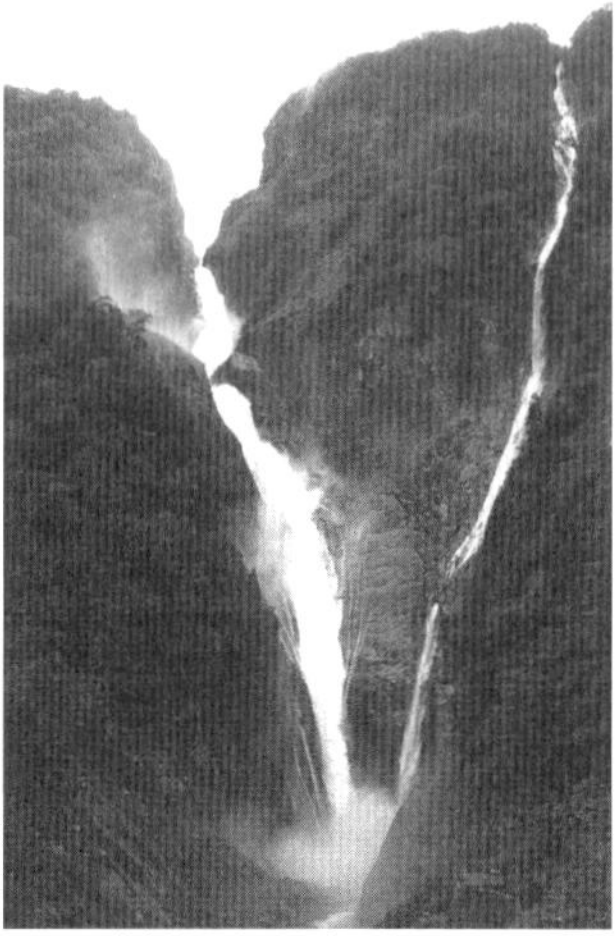

称名滝。右は雨季に現れるハンノキ滝。

広場がありレストハウスが営業をしている。店員に「称名ホテル」を尋ねると「ウチの下のあたりにあったと聞いている」という。レストハウスの裏手は川に続く林になっていて、木立の間から称名川が光って見える。隆明の一行が一夜を過ごしたホテルはここにどんな姿で立ち、若き日の隆明を魅了した主人夫婦とはどんな人物だったのか。

前述の井野和英からホテルの経営者の情報がもたらされる。経営者はすでに亡くなっているが、その子息が黒部峡谷で山荘を開いているという。黒部峡谷鉄道で山小屋を訪ねる。元は黒部ダムの工事用というトロッコ電車に揺られ、峡谷の速い流れを眼下に見ながら二十分。欅平駅の近くに山荘「猿飛山荘」はあった。岩魚料理と川を見下ろす露天風呂が人気で、この日も客室は、観光客と工事関係者で埋まっていた。山荘の主人・志鷹忠夫に話を聞く。忠夫の父・志鷹竹次郎は、若い頃に東京に出て営林の仕事に従事、一時は樺太に渡ったりした。「称名ホテル」を経営していたが、このホテルを人手に渡し、将来の観光化を見通して黒部峡谷で山荘を開いた。この「猿飛山荘」が二つ目という。

隆明一行が訪れた終戦の年、昭和二十年の同ホテルの様子を聞こうとしたが、昭和十八年五月生まれの忠夫は終戦時二歳。小さい頃に山荘に連れていかれた記憶がかすかにある程度で、詳しいことは知らないという。九人兄弟で、十九歳年上の兄・保が健在ならば、と残念がってくれた。けれど、忠夫の話から分かった事があった。忠夫の両親、父・竹次郎も母・春枝も共に、立山町芦峅寺《あしくらじ》の出身で、芦峅寺に本家があるという。芦峅寺といえば、立山登山のベースキャンプのひとつ。かつては立山信仰の中心として栄えた部落だ。

昼下がりの芦峅寺はひっそりと静まっていた。瓦屋根の大きな家が道を挟んで立ち並び、新建材・プレハブの家はほとんどない。地図を開くと、志鷹姓と佐伯姓のほかの姓は皆無に近い。忠夫の本家である志鷹家は、部落の中心、雄山神社の近くにあった。当主の春雄と妻・恵美子に取材の意図を話す。「称名ホテル」と名を出すと一時に二人は雄弁になった。「称名ホテル」は、春雄の父・民蔵が昭和二（一九二七）年に創業、のち弟の竹次郎に譲ったという。立山の土地は芦峅寺部落の所有。民蔵は、称名川一帯の開発に携わって功績を挙げ、土地を借りてホテルを建てる権利を得たという話だ。「舅はホテルに愛着を持っていました」と恵美子は言う。晩年まで「称名ホテル」と書かれた看板を保存し、多くの写真も残していた。ホテルは賑わい、民蔵は、その収益で田畑を買い増して豊かになった。

芦峅寺総代の佐伯信春の話によれば、立山登山は立山信仰と表裏一体のもので、部落の者が全国を廻って、行く先々で立山信仰の布教をして立山登山に導く――「講」の組織が出来上がっていたと言う。部落内の「富山県・立山博物館」を訪れて展示品を見ると、立山信仰の奥深さが実感される。

それにしても、隆明一行が称名ホテルを訪ねた時、迎えたのは兄・民蔵夫婦なのか、弟・竹次郎夫婦なのか。春雄の話では父・民蔵がやっていたのは「終戦まで」という。隆明の一行が山に登ったのは、「たしか昭和二十年の初夏のことである」（「情況への発言――ひとつの死」）とあるが、六月末〜七月初め頃だろうと推定できるのは、前述の、隆明らの埼玉の農家での勤労奉仕が麦の収穫と稲の田植え（二毛作）の手伝いであったこと、登山の折には坂道にアジサイが咲いていた、と現在の隆明から聞いているからだ。

さて、この時期に称名ホテルを経営していたのは、兄・民蔵、とよ夫妻なのか、弟・竹次郎、春枝夫妻なのか。家族の話の限りでは、引き継ぎの時期が明瞭にならない。

隆明の記憶から見てみよう。「五十がらみの主人」、「宿の主人は額はもう禿げあがっていた」「がっちりとした体軀の顔のつやつやした」（「情況への発言――ひとつの死」）という外見だが、家族の話では、兄・民蔵、弟・竹次郎ともに頭髪は薄くがっちりしていた。「息子は出征していて」という点でも、両者とも子息を出征させていたと、決定的な決め手にならない（登記関係未確認）。

称名ホテルは竹次郎が経営をやめたのち、杉田三江子が引き継いでいる。高齢の三江子に代わって話す娘・光子に拠れば、三江子が称名ホテルを買ったのは終戦後から二、三年の間。「竹次郎さんから買ったと聞いている」というから、竹次郎が二代目の経営者であることは間違いない。

昭和二十八（一九五三）年七月発行の財団法人郵政弘済会の地図には、「称名ホテル」は「称名小屋」の名で、杉田三江子が経営者となっている。杉田三江子は称名ホテルを買い取ると山小屋向きに縮小・改造した。杉田家は他にも山小屋を所有し、旅館を経営、運送業を営むなど立山に深い関係を持つ家だ。称名小屋はその後火事に遭い、杉田家は一帯の再開発を機に土地の権利を手放している。

その称名ホテルの姿を目にすることが出来た。立山・黒部の観光の草分け「立山黒部貫光株式会社」の社内報「たちやま」（十二号、二〇〇九年四月）に写真が掲載されていたのだ。特集「立山の歴史——称名滝の夜明け」は、同社、福岡邦子の労作。福岡の協力で二葉の写真を見ることが出来た。

昭和20年代の称名ホテル

写真で見る「ホテル」は思いのほか大きかった。木造で堂々の二階建て。二階にはテラスのようなものも見える個性的なスタイルだ。隆明がその印象を、苦労して次のように書き記すのも由なしとしない。

ホテルとは名ばかりで、旅館というにさえそぐわず、またひとおもいに山小屋とよぶには大きくととのいすぎ、旅宿とか宿屋とかよぶのが丁度よくみあっているといった造作であった。

（「情況への発言——ひとつの死」）

杉田光子に確認して貰ったところ、写真の建物は杉田家が改造する以前のものというから、これが、「称名ホテル」なのだろう。

さて、隆明が「称名ホテル」について記した文章には二種類ある。一つは、平成九(一九九七)年九月刊の『想い出のホテル』に収載の「称名ホテルの一夜」。ホテルにまつわるエッセイを集めたアンソロジーで、隆明は五十人の書き手の一人として稿を寄せている。もう一つは、昭和四十一(一九六六)年五月発行の「試行」十七号を初出とする、「情況への発言――ひとつの死」だ。ここまでの引用では、適宜使い分けてきたが、ここからの引用は後者に限ってのものとなる。前者のオリジナルである後者には、隆明の思想的営為に関わる大切なことが記されているからだ。称名ホテルでの一夜は、魚津滞在中の思い出としてだけ書かれたのではない。その夜の出来事は、一次的には戦時中の魚津での生活の回想であろう。が、その回想が文章として定着されるに及んで働いていたのは、戦争から二十一年後の〈いま〉に向き合う、隆明の姿勢なのだ。この文は、戦時中とは別の、もう一つの闘いの時代に、一人の編集者の死を悼むための文章として書かれている。

昭和四十一年二月、全日空の飛行機が羽田沖で墜落する事故があった。事故で死んだ乗員・乗客百三十三人のうちに、出版社・春秋社の編集者・岩淵五郎がいた。岩淵は、隆明にとってかけがえのない人であった。

岩淵五郎の風貌や立居振舞をおもいうかべると、称名の宿屋の主人の貌が自然におもいだされる。あれは戦争のただ中にあって、ほんの少しの余暇のあいだに出会ったまま二度と出会うことのなかった人物の印象であった。〈略〉岩淵五郎との出会いは、もう〈戦後〉自体がくたびれかけ、あらゆることがただ煩さと無為に腐蝕しかかっている時期からはじまった。そして、ゆるやかに長く交渉はつづいた。わたしたちのつきあいは、おたがいに畳の上でしか死ぬことはあるまいというたるんだ気分も心のどこかにあって、会おうとおもえばいつでも会えるのだと油断していたかも知れない。しかし、人間と人間との交渉などは、そんなおあつらえむきのものではない。／岩淵五郎は、こちらのそんな油断を見すましていたかのように忽然と遭難死してしまった。

（「情況への発言——ひとつの死」）

2

昭和四十一年二月四日午後七時一分、千歳発羽田行きの全日空機は、羽田空港着陸寸前に連絡を絶った。飛行機が行方不明になって四時間半後、羽田沖十四キロで機体の一部が発見された。墜落事故は確実で、乗客乗員百三十三人の生存は絶望的となった。

この事故の特色の一つは、旅客に団体客が多かったことだろう。折から開かれていた「札幌雪まつり」を楽しんでの帰路の団体だ。東芝の電気器具販売店の招待客、スタンダード靴の懸賞の当選者、そして、広告代理店・東弘通信社が招待した出版社の幹部二十人がいた。東弘通信社

（現・株式会社とうこう・あい）は、新聞を広告媒体とする代理店。日頃広告を出してくれている出版社を毎年旅行に招待。たまたまこの年が「札幌雪まつり」だったのだ。招待されたのは、人文・文化関係の出版物の会社が多かった。そのなかに春秋社の編集長・岩淵五郎がいた。

各社とも幹部が出向いていたから、事故の影響は大きかった。招いた東弘通信社も、この事故で社長ほか三人を喪い、経営陣が替わっている。岩淵五郎が春秋社にとって有為の人材であったことはおいおい分かることになるが、吉本隆明にとって、岩淵五郎がどれほど大切な存在であったかは、二度にわたる追悼の文で知ることができる。

当時、岩淵は、春秋社の仕事の傍ら、隆明が発行する雑誌「試行」の校正を手伝っていた。岩淵の訃報がもたらされたのは、その「試行」の十六号（一九六六年二月十日発行）の校了間際だった。隆明は、その号の「後記」に「試行」と岩淵の関わりを記す。「氏は多忙な勤務にもかかわらず、「試行」の発刊を精神的に技術的に労力的に援護してくれた巨きな存在であり、うなだれて言葉がない。本号もまた第一校終了までを岩淵氏の力に負っており、「旅行から戻ったら二校をみますよ」というのが試行への最後の言葉であった。何よりも氏に本号を捧げる」。

それから一か月後、「週刊読書人」に「一編集者の死と私――遭難した岩淵五郎のこと」と題した文を寄せる。

岩淵五郎が死んだ。こう書いただけで、わたしにはじぶんのこれからの生が半ぶん萎えてゆくのを感ずるが、おおくのひとびとにはどこのだれとも知らないひとりの死としかうけとられないにちがいない。（略）しかし、かれに日常接していたひとびとは、岩淵五郎の死が、じぶんの生のある貴重な部分を突然奪っていってしまったという思いを疑いえないにちがいない。すくなくともわたしにとってはそうである。（略）生きてゆくことは辛いことだなあという、何度も何度も訪れたことのある思いが、こんどは肉体までそぎとってゆくのを覚える。

（「一編集者の死と私——遭難した岩淵五郎のこと」、「週刊読書人」一九六六年三月十四日号）

そして、「試行」十七号の巻頭に岩淵が書き遺した備忘録を「最後のメモから」と題して掲載し、連載コラム「情況への発言」で岩淵の死を取り上げる。「ひとつの死」と題して、前掲のように、称名ホテルの亭主夫婦の話から書き起こす。前掲は次のように続いていく。

〈まだ北海道は寒いでしょうから、風邪をひかないようにして下さいよ、もっとも暖房設備はととのっているのでしょうが。〉〈いや、何から何までゆきとどいている招待旅行だから大丈夫ですよ。〉というような会話を戸口でさりげなく交して別れたまま、翌日発った北海道旅行からもうかえらなかったのである。

（「情況への発言——ひとつの死」）

隆明には、追悼文を集めた『追悼私記』（ＪＩＣＣ出版局、一九九三年三月）がある。総勢二十七人の死者を悼む文が収められているのだが、二十七人中、一人に二種の追悼文（上述）があるのは、岩淵五郎の他わずかだ。二回二通りというだけではない。追悼文に「名文」という表現が許されるなら、岩淵を悼んだ二つの文は、二十七人中、屈指の名文なのだ。言葉の限りを尽くした溢るる思い――隆明の心を動かし、ここまでの文章を書かせた、岩淵五郎とは、果たしてどのような人間なのだろうか。

隆明は、岩淵との出会いについて、「物書きのごたぶんにもれずひとりの編集者としてであった」という。隆明のこの言に従い、まずは、編集者として岩淵五郎を見てゆく。幸い、隆明の二つの追悼文のうち、「週刊読書人」のそれは、表題のとおり、編集者としての岩淵を語ろうとしたものだ。隆明はここで、独特の視点でまず、「編集者」を三タイプに分類する。

「じぶんも物書きであるか物書きの候補者のにおいをもったもの」
「じぶんが所属している出版社を背光にして文壇的にか政治的にか物書きを将棋の駒のように並べたり牛耳ったりしてやろうと意識的にあるいは無意識のうちにかんがえているもの」
「他の職業とおなじような意味で偶然、出版社に職をえているといった薄ぼんやりしたもの」

隆明は、この三種のいずれも「付き合いかねるタイプばかりである」とした上で、岩淵がこの三つのどれにも属さない編集者であることに及んでいく。

岩淵五郎も、いずれこの三つのタイプのどれかに属するはずであったにちがいない。しかし何かがかれを編集者のタイプから隔てていた。かれは物書きの虚栄心をくすぐったり、それにつけ込んだりすることもなければ、嫌らしい劣等感を背光にある出版社の看板に移譲して偉ぶることもなかった。また、薄ぼんやりした幼稚さもなかった。まぎれもなく現在のジャーナリズムでは第一級の編集者の敏腕をもっていたが、どんな作為もけっきょくわたしのような気むずかしい物書きを動かしえないことを熟知しているようにおもわれた。（「一編集者の死と私」）

いま、岩淵が「第一級の編集者の敏腕」持つ編集者であったことをどのようにして知ることができるか。まずは、隆明と岩淵がどのようにして出会ったのかを明らかにしたいのだが、つまびらかではない。春秋社の関係者の証言と後述する追悼文の略歴によれば、岩淵が春秋社に入社したのは昭和三十一（一九五六）年。「あとがき」等から、岩淵が編集を担当したと知れる隆明の著書は、昭和三十九（一九六四）年十二月刊の『模写と鏡』から始まって『高村光太郎〈決定版〉』、引き継がれた『高村光太郎〈増補決定版〉』および『高村光太郎選集』の三種。そうなれば、交流はわずかに二年ほどということになる。が、実際ははるか以前に出会っているはずと分かるのは、春秋社の画期的な思想のシリーズ『現代の発見』に岩淵が関わっているからだ。

岩淵五郎。ハンチングがトレードマークだった（「涙痕録」より）。

『現代の発見』は、岩淵の入社三年後、昭和三十四（一九五九）年十二月、全十五巻、月一回刊行の構想でスタート。編集委員会を設け巻毎に定めたテーマに従って複数の著者が原稿を寄せる。ときに、刊行済みの巻の論考をあとに出た巻の著者が批判するといった雑誌的な発想をみせ、執筆者も、大島渚、江藤淳など広く求められた。安保闘争を挟んでの昭和四十（一九六五）年十一月までの六年間にわたり、月一回刊行の理想には遠ざかったものの、十五巻中十一巻の刊行を全うしたのは、秀れた営為といえるだろう。

『現代の発見』の編集委員には岡田丈夫が名を連ねている。評論家として『近衛文麿――天皇と軍部と国民』（春秋社、一九五九年五月）の著書を持つ一方で春秋社の編集者でもあった。岩淵についてこののち大事な証言をする高野慎三は、岩淵と『現代の発見』の関わりについて、シリーズ開始当初は、編集委員の岡田丈夫と組んで編集作業を担当し、次第に自分の力を発揮して企画の中心になっていったのではないかという。この高野の声は同じくこののち岩淵の人となりを語る、村上一郎の「わたしは（略）この人が岡田丈夫氏らとともに『現代の発見』の編集をくわだてた時、はじめての出会いを得た。」（村上一郎『明治維新の精神過程』「跋ならびに補註」、春秋社、一九六八年三月）によっても明らかだ。
岩淵の執筆者との豊かな交流は、『現代の発見』という舞台があってのことだろう。その『現代の発見』第三巻「戦争責任」の巻に、隆明は「日本ファシストの原像」（『異端と正系』所収、現代思潮社、一九六〇年五月）を書いている。従って、隆明との接点に話を戻せば、昭和三十五（一九六〇）年二月の『現代の発見』第三巻刊行の時点で、付き合いが始まっていたと見なすことができる。著者と編集者として少なくとも六年間の交流はあったのだ。
岩淵の編集者としての仕事ぶりについて、当時の隆明が記したところを見てみよう。

本書の成立は、何から何まで春秋社の岩淵五郎氏の努力に負っている。氏はまず本書の収録範囲にある文章のほとんど全部を手元にあつめ、それから検討のうえに現在の内容までしぼるという二重の手数を惜しまれなかった。わたしのほうは、この労に何も寄与することができなかったので、未発表の詩稿と、掲載を敬遠されて未発表のまま手元にあった連載評論の最後の部分を岩淵氏にゆだねた。

（『模写と鏡』「あとがき」）

企画を立て、書き手と交渉をし、資料・材料をそろえるなど執筆に必要な環境を整え、所期の目的に向けて書き手を鼓舞する。ここに隆明が記す限りでは岩淵の仕事振りは、編集者が取る当然の作業と言えるだろう。隆明の、編集者の三つのタイプへの言及は、日ごろ接する編集者が、いかに、やるべき仕事をやらず、私的な事情がバイアスとなって作業をゆがませているかを示唆している。着実に一つずつ、しかも、かなりの手際の良さとスピードをもって（現在の隆明の回想）成し遂げて行く岩淵に、真正の「編集者」を感じたということであろう。そして、この評価は、ひとり隆明に限ったことではない。「かれに日常接していたひとびとは、岩淵五郎の死が、じぶんの生のある貴重な部分を突然奪っていってしまったという思いを疑いえないにちがいない」（前掲）と隆明が言うごとく、その死は、多くの執筆者を嘆かせたのだ。

まずは、二人の「物書き」の語るところを聞こう。『人間の條件』『戦争と人間』の作家・五味川純平（『現代の発見』の一巻に寄稿）。そして、のちに隆明と共に「試行」に参加した村上一郎。

去る二月四日の全日空機墜落事故で、私は得難い友の一人である岩淵五郎氏（春秋社編集長）を失った。

私が特にそのことをここに付記するのは、彼の手を煩わせて得た貴重な資料の一つがまだ作品のなかに生かされないうちに、彼が卒然として逝ったからである。その資料――反満抗日闘争の指導者の悲劇的な最期が描かれるのは、小説の時間の上ではあと七年、執筆の時間としては、ほぼ一年先のことになろうか。その部分は彼も期待していてくれたし、作者としても誰よりも彼に読んでもらいたかった。今はそれも虚しい願いとなった。

岩淵氏は多忙な職務のなかにありながら、私とほぼ同じ戦中派世代としての立場と、すぐれた編集者の感覚をもって、この仕事へ誠意をこめた助言と協力を惜しみなく与えてくれた。

通夜の夜、私は彼から与えられたことのみ多く、彼のためにはほとんど何事もなさなかったことを思って、哀惜のうちに悔いねばならなかった。（略）死んで大の男を泣かせるに足る男は死んではならなかったのだ。合掌。

（五味川純平『戦争と人間』5「註の部」「付記」、三一書房、一九六六年四月――ノンフィクション作家・澤地久枝の教示による。澤地久枝は当時、五味川純平の資料助手を務めていた）

計画を立ててくれ実現をはかってくれた春秋社編集長・岩淵五郎は、今や亡《な》い。（略）そして今ここに納めた文章の大半は、その貴重な出会いにもとづいて成り、後に岩淵氏が吉本隆明、奥野健男、橋川文三、竹内実諸氏の評論集を企画するに当って、わたしの集もそのなかに加えてくれたのである。（略）思いもかけぬこの不幸に遭う前、わたしは長く病気をしていて、その療養についても岩淵氏の親切なはからいを受けたのであった。この書物の実現に歳月がかかったのは、（略）未発表の評論も加えたらどうかという氏のすすめがあり、それを承知しながら果たせぬわたしを、氏が待っていてくれたからなのである。（村上一郎『明治維新の精神過程』）
書き手からの高い評価。が、著者からの評価だけが編集者の仕事ぶりを示すものとも言えないであろう。手がけた出版物が世に普及する、結果として自分が所属する団体に利益をもたらす、といった職業人としての役割という評価を直截に求めるなら、岩淵五郎の仕事ぶりにどんな評価ができるのか。

二つの対照的な仕事をみていこう。まず一つ。岩淵には、再刊、再編集の仕事が少なくないということ。自社の刊行物に新稿などを加えて編集、「増補版」「決定版」として出すのは珍しくないことだが、岩淵は、一度他社から出版された書籍をも再編集して出版している。元があることで楽とは言えない。手続きが要り手間がかかる。未熟な編集者にはかえって億劫な仕事だろう。しかし、途絶えた本を世に送り出すことは著者にとって意義があるだけでなく、出版社にとっても販路が見えて経済効率の高い仕事とも言える。隆明の『高村光太郎〈決定版〉』（春秋社、一九六六年二月）、奥野健男の『太宰治論〈決定版〉』（春秋社、一九六六年四月）などがそういった仕事だ（なお、奥野健男は、『太宰治論〈決定版〉』の後書きで「出発の前日まで校正を続けていただいた氏との共同でつくったこの書」と記している）。

が、一方で、岩淵は目の覚めるような技も見せている。岩淵亡きあと、隆明の担当となった、春秋社元社員の小関直は、『模写と鏡』に三島由紀夫から推薦文を取り付け、帯の文としたセンスに、優れたジャーナリズム感覚を感じると言う。「私は「擬制の終焉」から、はつきり吉本氏のファンの一人になつたが、読みながら一種の性的昂奮を感じる批評といふものは、めつたにあるものではない――」という、帯には異例な三六〇字にも及ぶ推薦文と三島由紀夫の名が踊る様は、今見ても鮮烈な印象だ。

そんな岩淵の仕事ぶりは、同じ編集者の目にはどう映っていたか。弓立社の創業者、宮下和夫は、のち『自立の思想的拠点』（徳間書店、一九六六年十月）にまとまる隆明の単行本未収録稿をリストにして隆明に提示するが、岩淵がやることになっていると断られる。が、「岩淵さんもそのリストを見たらしく、良くできているといわれたと聞いたことだけが救いだった」（「神保町通信」弓立社サイト）という。すでに岩淵の名は高かったのだ。

ここまでで、岩淵の「第一級の編集者の敏腕」は充分に感得されるであろう。が、岩淵には、上記のように書き連ねるだけでは伝えきれない独特の魅力があった。岩淵が『歴史と体験——近代日本精神史覚書』を担当した、思想家・橋川文三は、次のように岩淵を悼んでいる。

岩淵さんは不思議な人であった。その不思議という意味を、私はいまここで旨く述べることができない。彼は、一九六五年から翌年にかけて、原稿のことでとくにひんぱんに私の家を訪ねて来た。たとえば朝十一時に行くという連絡があると、ちょうどその十一時に、玄関のベルが鳴り、そこに岩淵さんがいつも笑いながら立っていた。そういうことがどのくらいつづいたであろうか。私がそのことに気づくまえに、妻が深い印象をうけたらしい。（略）それが本当に正確に十一時なら十一時であった。私は、今もそのことを思うと、何かわからないが胸の熱くなる思いがする。岩淵さんは、そういうなんでもないような思い出をたくさんに私たちの間に残したまま、御本人はほとんど自分のことは語らないで、急にいなくなってしまった。

その岩淵さんが亡くなる年の年賀状に「ことしは何か悪いことがおこるようでなりません」と書いてあった。岩淵さんは、たしかに何かにおびえていたのであろう。しかも、それは卑怯な人間のおびえではなかった。もっとも雄々しい魂をもった男子のおびえであったと私は思う。そういう深い悲しみをいだきながら、岩淵さんの眼はいつも大きく微笑み、唇はいつも凛と結ばれていた。私は私なりに、そういう励ましを岩淵さんから受けたと思っている。そして、今後の生において、そのことを忘れることはないだろうと思っている。

（橋川文三『歴史と体験――近代日本精神史覚書〈増補版〉』「増補版への追加的後書」、春秋社、一九六八年九月）

橋川の情感あふれる筆致が岩淵の魅力を伝えてくる。そんな岩淵の人となりを語ることのできる人物が私たちの身近にもいた。「岩淵五郎」を項目として持つ事典があり、その執筆者は岩淵をよく知る人物だった。

3

『日本アナキズム運動人名事典』（ぱる出版、二〇〇四年四月）は、「アナキズム運動なる概念の外延を最も広く設定」した上で、「運動と思想に関わった国内外の人々」およそ三千名を収載した事典。その事典の「岩淵五郎」の項目を執筆したのは、漫画の編集・評論で知られる高野慎三。

「権藤晋」の別名も持ち、つげ義春についての編・著作が多い。

高野と岩淵の出会いは、高野が大学を卒業して入った書評紙「日本読書新聞」の編集者時代。昭和三十九（一九六四）年秋、『模写と鏡』を取り上げるため、高野は春秋社を訪ねた。旧知の岡田丈夫（前出）から担当は岩淵であると紹介される。挨拶を交わしたとき、高野は、「岩淵五郎」という名前に思い当たる節があった。その名前は、数か月前「日本読書新聞」に掲載された抗議文の連名十三人のうちの一人だったのだ。

同年春、「日本読書新聞」では、一つの事件がもちあがっていた。同紙の無署名コラムが皇室の婚約報道に言及した。そのコラムを「週刊新潮」が取り上げ、その記事を見た「全日本愛国団体連合」という政治団体が、コラムは「皇室の尊厳を冒涜《ママ》せんとするもの」と抗議。謝罪広告と廃刊を求めて押しかけて来た。同紙の局長・巌浩は、記事にも不備があるという見地から、政治団体の「抗議文」を「本紙見解」と共に掲載する方向でと話し合いを持つ。すると、常連の執筆者のあいだから、その処置には承服できないという声が挙がる。執筆者は巌浩の許を訪れ、同紙のその処置は「言語表現の自由の明白な放棄・社会的責任の放棄である」旨の「抗議および勧告」文を渡す。が、事態は巌浩の方針どおり収拾された。執筆者は再度の抗議文を渡すが物別れとなった。抗議文に名を連ねた十三名は、黒田寛一、谷川雁、埴谷雄高、吉本隆明、内村剛介、石井恭二、松田政男、森崎和江など、よく知られた人たち。が、そのなかに、高野も知らない名が三名あった。その一人「岩淵五郎」が何者かを、訪れた春秋社で高野は瞬時にして知ることになったのだ。岩淵は、抗議の中心メンバーの隆明とともに、巌浩の許を訪れて抗議文を手渡した一人だ（「日本読書新聞」当該号および井出彰『伝説の編集者・巌浩を訪ねて――「日本読書新聞」と「伝統と現代」』、評論社、二〇〇八年十一月）。

岩淵は、『模写と鏡』が取り上げられることを喜んだ。その上、隆明がその後の「日本読書新聞」を注視し、「良くやっている」と評していると教えてくれた。高野にとって吉本の反応は望外の喜びであった。もともと幹部の収束の方向に反対であった若手編集者は、執筆を拒否した著者にシンパシーを持ち続けていた。事件後、吉本らは同紙に書かなくなったが、吉本らに恥じない紙面を作ろうと努めていた。吉本隆明の新刊・著作を正当に取り上げることには、若手のある思いが込められていたのだ。

以後、高野は岩淵とよく会うようになる。やがて高野は、岩淵が、六〇年代の安保闘争時、「六月行動委員会」のメンバーとして活動し、その後も政治活動を担っている人物であることを知る。高野自身も個人でデモに参加し活動してきていた。ある日、岩淵が、「こんな新聞知ってる？」といってある印刷物を手渡してきた。「東京行動戦線」。日本アナキズム連盟の有志が作る組織「東京行動戦線」の機関紙の創刊号であった。

以後、「東京行動戦線」は高野と岩淵をつなぐ役目を果たすようになる。高野が、「東京行動戦線」できましたか、と電話をし、最新号を受け取る目的で岩淵のもとを訪れる。「東京行動戦線」を受け取っても機関紙の話や運動の話をするわけではない。春秋社の応接間で、岩淵が入れてくれるお茶を飲みながら世間話をするだけだったという。

高野に、岩淵の印象を聞いてみた。髪の毛が薄いことは隆明が話すところだが、声は高からず低からず聞きやすい。おしゃべりというのでもなく寡黙というのでもない。いつもニコニコし、ゆったりとしていた。「老成している。ものすごい大人」という印象を持ったという。

高野が面白い感想をもらした。吉本隆明が来客に自ら盆を運んで来てお茶入れたりするのは編集者のあいだで知られた話だが、岩淵のお茶を入れる様子が、「吉本さんに似ている」という。

岩淵はなぜ人望があったのか、その人望はどのような種類のものなのか。さらに高野に尋ねてみる。高野の感想は、〈頼めば何でもやってくれそうな人〉という。抽象的に「頼りになりそうな人」というのではない。実際に何かをやってくれ、実際に助けてくれる。前に立つのでなく後方に回って支えてくれる。「編集者」の気配りの域を超えて実務に優れていた。「東京行動戦線」の機関紙も紙から印刷所まで手配をし、責任をもって発行していたのは岩淵なのではないかと高野は推察する。事実、「東京行動戦線」は岩淵の訃報を載せた号を最後にそのあと出ることはなかったのだ。

高野の印象に残っているのは、岩淵の葬儀の日だ。三鷹の岩淵の自宅で行われた葬儀には、左派の知識人が顔をそろえた。谷川雁、埴谷雄高、吉本隆明、橋川文三、高知聡、佐野美津男、斎藤龍鳳――その数三十余人。その顔ぶれを見て、会衆のあいだには、六〇年安保の急進派が一堂に会するのはこれが最初で最後だろう、という、ささやきが起きたという。

高野は、岩淵の死後、日をおかずに岩淵の閲歴を記している。二月二十一日の日付の「日本読書新聞」は「全日空機墜落事件で／出版関係者多数遭難」の見出しで、出版関係者二十二名の死亡記事を載せる。岩淵の死亡記事の閲歴は高野が書いた。前述の岡田丈夫から聞いた話に岩淵本人あるいは岩淵をよく知る活動家を通じて得た情報を加えた記事という。閲歴のうち、思想的面に限って引用すれば、次のようだ。

その後、アカハタ文化部で中堅として活躍し、六全協後日本共産党を脱党。昭和三十五年、安保闘争時、六月行動委員会に参加。

この閲歴文中の、共産党、「アカハタ」に関しては、後述するように岩淵の縁者の肯定的証言がある。「六月行動委員会」に関しては、詩人・秋山清の無署名の追悼文に「発足の会合が同氏の好意で春秋社の一室でひらかれ、氏も又行動をともにした」(「日本読書新聞」、同年二月二十一日)とあり、「東京行動戦線」、同じくアナキスト系の「自由連合」が訃報で次のように触れている。

安保闘争の国会突入デモ、全学連の救援、六月行動委員会での活動、そして、昨年の東京行動戦線逮捕事件における協働と、我々の思い出はつきない。／レーニンによく似た広い額にいつもハンチングをかぶって、その笑顔はふところのひろい人柄をしのばせた。

（「東京行動戦線」第九号、一九六六年二月十五日――資料提供・高野慎三）

二月四日全日空の事故で、六月行動委員会の同志、そして昨年の笹本らの事件のときも活動していただいた岩淵さんが亡くなった。哀悼はかぎりない。

（「自由連合」第一一七号、一九六六年二月一日）

隆明は、自著あるいは意向を反映したと思われる『われらの文学22』（講談社、一九六六年十一月）の略年譜、昭和三十五年（一九六〇）年の項に「六月行動委員会に参加」と明記している。とすれば、隆明と岩淵の交流には、『現代の発見』に始まる著者と編集者の関係だけでなく、安保闘争、「日本読書新聞」の執筆拒否事件、と政治・社会上の事象でも同志的といってもよい接点があったと思われる。

もう一つの敗戦

I

岩淵五郎の死に際し、隆明は、事故現場に駆け付けて桟橋に立って安否を憂えていた、と前述の秋山清の無署名記事は伝える。また『われらの文学22』（前述）の昭和四十一年の項を、隆明は、「知友岩淵五郎の死に衝撃をうけた。」の一行のみをもって成立せしめている。岩淵五郎の死が隆明に与えた衝撃の深さを思う。

再び、隆明の追悼記に戻ろう。弥陀ヶ原の夫婦から書き起こした文章の終結部は次のようだ。

葬儀の日、も一度かれの貌をみたくて、出棺の間際に、棺の間近につめ寄った。かれの躰に手をさしだし、〈さようなら〉とひそかにつぶやきかけた、しかし、その躰は冷たく硬く別物になっており、おもわずはっとして胸中の言葉はそのまま途中で凍りついた。これはいかん、無機物になってしまっているという思いが、わたしの沈黙の弔辞をおしとどめた。つい最近、徐々に温もりが消えてゆく兄の死に立会っていたわたしは、無意識のうちに岩淵五郎の死をおなじように錯覚していたのだった。

〈死ねば死にきり　自然は水際立っている〉という詩人の言葉はこういうことなのか。わたしは何もかもわからないという気がする。

岩淵五郎よ、安かれ。あなたが、これからも永続的にわたしにとって生きつづけるとしたら、わたし自身さえも気付かないわたしの中においてである。

（「情況への発言――ひとつの死」）


つらくあってもごまかすことの出来ない事実の直視とそこからの弔意。「無機物」という言葉に、人は、隆明がいったんは化学者たることを志した人間であることを想起したりもするであろう。そして、「これからも永続的にわたしにとって生きつづけるとしたら、わたし自身さえも気付かないわたしの中においてである。」の一文が読む人の胸を撃つのは、実は、その前段に、岩淵の生涯と死をどうとらえるか、隆明にとっての岩淵五郎像が語られてあるからだ。

戦後を、まるで仮りの旅宿のように、ただ他者への献身だけで貫き、家族を愛し、他人に対してはおもいも及ばないような秘された手をさしのべ、それでいてどんな親しい家族にも自己の来歴について語ろうともせずに沈黙のまま生きた、わたしにとって思想的にも生活的にもかけがえのない存在は、あの日、突然、この世界から消えてしまった。

エンゲルスはマルクスの死にさいして「現存する世界最大の思想家が死んだ。」とかくことができた。そして、わたしは岩淵五郎の死を〈現存するもっとも優れた大衆が死んだ〉とかくべきだろうか。わたしが大衆とはなにかとかんがえるとき、父や少年時の私塾の教師といっしょに岩淵五郎のことを個的な原像としておもいうかべていたのはたしかである。わたしは思想の力によってこれらの原像にうち克ちたいという願望を手離さないできた。それが叶わぬうちにかれはこの世界から消えてしまった。かれはわたしが思想的に解かねばならぬ、そして解きがたい存在の象徴として、永続的にわたしの前から去ったのである。

隆明の言葉に触れて来た者は、ここに語られている幾つかの言葉が、岩淵への追悼文に先立つ二年前、別様のかたちで提示されていたことを思い起こすだろう。『初期ノート』の後書「過去についての自註」で、隆明はこの文中にもある「少年時の私塾の教師」について語っている。隆明が府立化学工業学校進学の補習として小学年四年生から通い始め、入学したのちも行っていた塾の教師、今氏乙治に関する記述である。

しかし、この私塾の教師は、わたしにとつて何よりひとつの態度の教習場であり、その意味は、わたしにとつて詩作よりも、もつと深い色合をもつていた。わたしが、いくらか会得した、放棄、犠牲、献身にたいする寛容と偏執は、父とこの教師以外から学んではいない。

（「過去についての自註」、『初期ノート』試行出版部、一九六四年六月）

いまでは理解できそうだが、かれの万能は、何よりも才能の問題ではなく、自己の生涯をいかにして埋葬することができたか、の所産であつた。劇《ドラマ》が、かれのどの時期にあったか推量できないが、たしかに劇《ドラマ》が、かれを「個」の生涯から埋没させ、そのかわりに少年期から青年期の初葉にいたる形成期のすべての過程について、万能を獲取させたのである。（同）

今氏乙治 - 父 - 岩淵五郎と連なる人物像は、〈放棄〉という哲学の核をなし、社会政治の面からいえば、「大衆とはなにかとかんがえるとき」の「個的な原像」であるという。岩淵と隆明の関係を追及することが、結果的に、隆明の思想的核心ともいうべきターム、「放棄」「大衆の原像」（後述）への、別様の問い掛けとなることを予測しつつも、今は、まず、先を急ごう。

今氏乙治について隆明は、「「個」の生涯から埋没させ」た「劇《ドラマ》」が、「かれのどの時期にあったか推量できない」とした。が、岩淵五郎については、次のように詳述する。

ほんらい戦争のさ中で航空機を駆って特攻死すべき運命にありながら偶然がかれを死なせず、戦後は日本共産党にあって、つぎに離党して革命死をのぞみながら必然がかれを死なしめず、ついに偶然が東京の街の灯を真近かに俯瞰しながら二月四日航空機でかれを難死させたのはどういう意味があるのだろう？

（「情況への発言――ひとつの死」）

岩淵の半生についてのこの情報がどこからどのように得られたものかは詳らかではない。が、岩淵の周囲で、隆明が触れている、①自らを語らなかった②特攻で死ぬはずであった、という二つのことが周知のこととして認識されていたことは、前述の春秋社・岡田丈夫の、次の追悼文によっても知ることができる。

（酒を飲まない岩淵が自分を酒に誘った。）彼ははにかんだような、泣きだしそうな顔をしていた。僕の推測に間違いがなければ、彼はこの夜、二十年前の敗戦時、特攻隊員として一旦「生」を断念しながら「死」からも拒まれ、生と死との間に宙吊りになった男が、再び、思想という次元で、基本的には同一の状況に立たされたそのやり切れなさを話したかったのだろう。（話させなかったのは）ぼくの深い心残りである。／結局、岩淵五郎はおのれのひだの細い情感や溢れ出る思想的エネルギーのほとんどすべてを、頑強に、禁欲的に沈黙の殻に押し包んだまま死んでいったように思う。

（日本出版クラブ主催「出版関係全日空遭難者追悼法要」、一九六六年五月十八日、於・出版クラブの記念小冊子「涙痕録」より――資料提供・神田有）

では、隆明の言う「特攻死すべき運命」、岡田の「特攻隊員として一旦「生」を断念しながら「死」からも拒まれ、生と死との間に宙吊りになった」とはどういうことを意味するのであろうか。そもそも特攻隊員が、生き残るとはどういう状態なのか。そして、岩淵は本当に誰にも自分の来歴を語っていないのであろうか。隆明は、岩淵が「どんな親しい家族にも自己の来歴について語ろうとせずに沈黙のままに生きた」という。

岩淵に係累がいるとして、岩淵の家族・親族は岩淵の来歴について何も聞いてはいないのか。岩淵五郎の縁者を探す。取材に応じた、岩淵の妻・神田千代の長男・神田有は、岩淵は家のなかでも閲歴めいたことを語ることはなかったという。岩淵の妻の神田千代は、岩淵亡きあと歌人として生き、四冊の歌集を出している。歌集では、短歌および「あとがき」で岩淵に触れることが多い。その歌集の、岩淵を歌った歌一首、そして、神田有から提供された一枚の写真は、岩淵の生涯を知る窓口となった。

2

おそらくは、家の前であろう、学生服に身を包んだ少年が立っている。まだ、あどけなさの残る少年＝岩淵五郎の写真について、神田有は、岩淵が「予科練」に行く時の写真であり、母・神田千代が生涯大切にしていた一枚だという。予科練という言葉と中等学校の制服から分かるのは、

予科練入隊の日に自宅で。

岩淵が、自ら望んで軍人への道を選んだということと、しかも、それが十代で、ということだ。

岩淵はどのようにして、この写真を撮ることとなったのだろう。どんな状況で予科練＝海軍飛行兵予科練習生に応募したのだろう。神田有から聞いた岩淵五郎の郷里、長野県に岩淵五郎の肉親を捜す。長野県筑北村。妹の栗田徳子は、岩淵が予科練に応募したのは、岩淵が松本市の私立・松本商業の生徒だった時だという。松本商業は、高校野球で有名な松商学園高校の前身。試みに開いた『松商学園九十年史』（松商学園創立九十周年記念事業委員会、一九九一年三月）に岩淵五郎の名はあった。

『松商学園九十年史』には戦時下の松本商業の様子を記した章がある。昭和十八年、軍事教練に明け暮れる学園の様子に続いて、生徒の予科練応募の様子が記されている。ページには予科練入隊者の名簿があり、そこに、岩淵五郎の名があった。同校教諭・窪田文明の協力で、松本商業生徒としての「岩淵五郎」が分かった。岩淵は昭和二（一九二七）年十一月十日、長野県生まれ。現・東筑摩郡筑北村坂北で旅館を経営する家に育ち、坂北小学校尋常科から昭和十五（一九四〇）年四月六日に松本商業学校に入学。四学年の時に志願し、昭和十八年十二月一日、予科練に

「甲十三期」後期生（前期は十月。ただし長野県からの応募者は一括後期）として入隊している。
昭和十八年は、戦局の傾きが目に見えてきた年だ。前年六月にミッドウエイ海戦で主力空母を失っていた日本軍は、この年二月、南方の拠点ガダルカナル島を放棄。四月には、連合艦隊司令長官・山本五十六が戦死していた。山本長官の国葬が盛大に営まれて「長官の仇を！」と叫ばれるようになる。飛行搭乗員の消耗は激しく、早急の補充が必要であった。その気運の高まりは、予科練の前年の入隊者が約三千人であったのが、この年には約十倍の二万八千人（甲種）と急増していることによっても分かるだろう。

十代後半の男子二万八千人が学業半ばにして志願して海軍航空兵となる。その少年たちの運命を記録した画期的な書がある。高塚篤著『予科練甲十三期生――落日の栄光』（原書房、一九七二年十二月）。自身予科練生の一人であった高塚は、全国の志願者・志願先の全部隊、部隊の趨勢を、膨大にして些細なデータを駆使して集成。ありがちの「回顧もの」とは大きく一線を画する労作とした。その高塚の書によれば、募集の熱気はすさまじい。街の随所に「海軍飛行兵徴募」のポスターが貼られている。中学によっては生徒会が応募を決議した。学校単位で官から暗黙の割当てがある地域もあった。成績がよく進学を決めていた者は悩んだが大勢に動かされていく。応募の意外な障害は両親だった。いずれ行くようになるのだから学業半ばで行かなくても、という反対を振り切って願書を出す。高塚のいた米子中学も生徒会で応募が決議され、八十余名が入隊した。高塚自身、合格が決まると、入隊まで心因性の下痢・腹痛に悩まされる――。

事情は松本商業も同じであった。私立であったため官の締めつけはなかったが、前年に予科練に入った卒業生が制服姿で来校し講演するなど、志願への気運は高まっていたのだ。『松商学園九十年史』によれば、この年、松本商業からは五年生六名、四年生十名が入隊した。六月に応募し、八月～十月初旬の学科・身体検査・適性検査等を経て、十月末に合否の判定が下る。壮行会が開かれ、十一月二十五日、一行は「予科練」生として航空部隊へ赴く。時あたかも、予科練の宣伝映画「決戦の大空へ」の主題歌「若鷲の歌」（同年九月レコード発売）が大ヒットしていた。

岩淵たちの入った航空隊はどこか。

前述の高塚篤の調査によれば、この年この期の長野県からの応募者は、全員「三重海軍航空隊奈良分遣隊」に入隊している。奈良分遣隊は現・天理市にあった。応募者の急増でこの年急ぎ作られた訓練施設の一つだ。その急ごしらえの部隊になんと一万一千六百人が集められたのだ。宿舎には、多く天理教の宗教施設が当てられた。妹・徳子は、母やきょうだい（父親は逝去）近隣の人と駅に岩淵を見送った日のこと、兄に面会に行ったとき、会ったのが寺のようなところであったことを記憶している。

さて、予科練時代を岩淵はどう過ごし、そこからどこへどう行ったか、跡づける前に、「予科練」とはそもそもどのような組織で当時どのようになっていたか、最小限の説明には付き合って貰わねばならない。

「予科練」の制度の発足は昭和五（一九三〇）年だが、それ以降の変遷は複雑で詳述しがたい。いま、昭和十八年当時に則して言えば、「海軍飛行予科練習生」は、海軍の航空機の乗員を養成する機関。当初、応募資格を、学力＝高等小学校卒業または中学第二学年終了程度としていたが、その後、中学四学年在学中程度の課程が新設される。学力の高い者を採用することによって、修業年限を短縮し即戦力にしようとしたのだ。こうして、前者＝「乙種飛行予科練習生」と後者＝「甲種飛行予科練習生」ができ並列する時期があり、やがて「甲種飛行予科練習生」の学力が「中学第二学年終了程度」となることで、一本化となる（丙種については省略）。練習生は入隊後ほどなく、適性検査で「操縦」コース（「操縦専修」）と「偵察」コース（「偵察専修」）に分かれる。

「操縦」は文字通り飛行機の操縦、パイロットだが、「偵察」には少し説明が必要だろう。

「偵察搭乗員」は、一人乗りの戦闘機を除く飛行機では必ず必要とされるもの。操縦士とペアを組んで乗り込み、航路を決め、地上と通信し、応戦・投爆等の作業を担う。練習生のうち「操縦」に行けるのは高度の適性のあるもので、その人数は限られている。選別で「偵察」行きと決まった練習生は当初不満を持つが、やがて、満足して任につくものが多いのは、次の理由に拠る。①「偵察」の役目は極めて重要で、特に航路を定める航法は機の行方を左右する作業である。②「操縦搭乗員」より偵察搭乗員が上官の場合がしばしばあり、機長の役割を担うものと知る。③学科の成績が良いものが偵察搭乗員候補となる。――かくして、飛行機を駆って大空を自由に飛ぶという少年らしい夢を腹に納め、「操縦士――あれは運転士さ」とばかりに（③の理由は特に自分を納得させた）、偵察搭乗員となっていくのだ。

予科練を卒業すると（予科練の訓練期間は一年から一年半。昭和十八年当時の修業年限は一年）「飛行術練習生」（略称「飛練」）となる。予科練時代から引き続く「操縦」「偵察」の種別に従い、飛行訓練用の基地で、より実践的な訓練を受けるのだ（修業期間は半年）。以上の目的のため、全国に戦闘主体の航空隊とは別に練習のためだけの航空隊があったこと、その練習航空隊がさらに、「操縦」の練習航空隊、「偵察」の練習航空隊、と分かれていたことなども今となっては分かりにくいことだ。すなわち、当時は、○○航空隊、と基地名を聞けば、そこが戦闘部隊か、練習部隊か、操縦士を錬成しているか、偵察員の養成所か、たちどころに分かったのだ。

さて、全員、奈良分遣隊に入った松本商業の予科練習生はどうなったか。松本商業で岩淵の一学年上級で、同期で入隊した清瀧芳郎は、自分の体験を『自分史』（私家版）としてまとめている。その清瀧によれば、松本商業の十六人は入隊と同時に別々の分隊に分かれ以後会うこともまれであったという。学年が違うこともあり、清瀧に岩淵の記憶は薄い。が、清瀧が、同期全員の名簿「奈良空甲13期名簿」（二〇〇二年十月）を作成した関係で、清瀧の許には、各分隊の同期会の名簿が集まってきていた。岩淵五郎は偵察専修の「第27分隊」所属。二種類の名簿「長野県甲飛十三期会名簿」「三重海軍航空隊27分隊員名簿」に、「岩淵五郎　（軍隊略歴）三重奈 - 高知」。「岩淵五郎（出向先）高知」の記載があった。

前述の高塚篤『予科練甲十三期生――落日の栄光』の調査に拠れば、奈良分遣隊に昭和十八年十二月一日に入隊し、十九年十一月一日付で卒業した者のうち約千人が、「飛行術練習生四一期（飛練四一期）」として高知航空隊（偵察搭乗員訓練の専用飛行隊）に配属になっている。コースは二つに分かれる。上海航空隊を経由した者と、直接、高知航空隊におもむいた者だ。岩淵がついたのはどちらのコースか？　答えは、妹・徳子の記憶にあった。

岩淵の姉・千代（故人）は、戦時中にラシャ生地の商売をする夫と共に上海にいた。その上海で五郎に会った、と徳子は姉から聞いているのだ。上海航空隊も偵察搭乗員訓練の専用飛行隊だ。五百五十二人が配属になったが、戦局の悪化で上海航空隊は二十年二月一日付けで解隊となる。訓練未了のまま本土に引きあげ、全員が高知県の高知航空隊で終戦を迎えている。

詳しくは後述するが、岩淵の妻、歌人の神田千代には四冊の歌集があり、岩淵を詠んだ幾首もの短歌がある。歌集『山の菓――やまのこのみ』（伊麻書房、一九七七年三月）に次の一首があった。


敗戦を夫が迎へし土佐の海の小石拾ひく供物にせむと

短歌は創作である。が、千代の歌集を読み解くとき（その「あとがき」等と併せても）実生活に題材をとっていると分かる。千代の歌と妹・徳子の記憶は、高塚篤の調査、清瀧芳郎の資料を補うものだろう。十代の予科練卒業生が上海にいるどんな理由もほかにない以上、岩淵の軍歴は、奈良分遣隊→上海航空隊→高知航空隊のコースをとったものと考えられる。偵察搭乗員としての訓練を受けるべく上海に渡り、訓練用の高知航空隊で終戦を迎えたというのは間違いのないところだ。

さて、先述の清瀧芳郎は飛行機に乗る道を取らなかった。爆薬を積んだボートで敵艦に体当たりする特攻兵器の「震洋特別攻撃隊」を予科練時代に志願して、終戦を香港で迎えている。鳴り物入りで募集しながら、訓練もままならない劣悪な奈良分遣隊の状況のなか、清瀧の選択も若い「愛国心」のしからしむるところだろう。では、航空機の道を選んだ岩淵らはどのような形で特攻に出会うのか。

3

この高知航空隊と「特攻」はどう結びつくのか。訓練用の航空隊しかも「偵察搭乗員」の訓練専門の高知航空隊は、本来、実戦に出ることはない。飛行機も「機上作業練習機」の「白菊」があるのみだ。が、少し戦史に詳しいひとなら、「白菊特攻隊」の名を聞いているであろう。

「白菊特攻隊」――戦況が絶対的に不利になった昭和二十年三月、各地の練習航空隊はいっせいに実践隊に編成替えされた。高知航空隊も実践隊となったが、配備されているのは、先述の五人乗りの機上作業練習機「白菊」のみだ。航続距離を出すため燃料タンクを増設するなどの改造を加え、操縦士と偵察員のペアで乗り込む。改造後の速度は二〇〇キロ程度。低速のため夜間にしか飛び得ない「白菊特攻隊」はこうして誕生したのだ。海軍の「菊水作戦」の一部をなすこの特攻作戦は、昭和二十年五月～六月にかけて、高知航空隊のほか徳島航空隊などから飛び立ち、鹿児島の鹿屋基地を経由して沖縄へ向かった。沖縄上陸戦のアメリカ艦隊への特攻を計ったのだ。

高知航空隊の「白菊」の研究を長く続ける三国雄大は、その著『高知海軍航空隊　白菊特別攻撃隊』（群青社、二〇〇一年十一月）で、高知航空隊の五回の特攻出撃を詳述している。無謀といっても良い「白菊」の特攻作戦だが、成果を挙げた機もある。半面、出撃直前に中止命令を受けたもの、機の故障で引き返したもの、不時着したものもある。同書に拠れば、なかには、親を思って死の決意が鈍って引き返した例まであるのだ。

三国は、丹念な取材で、特攻のリアルな実像を描き出している。岩淵が特攻隊の要員であったというなら、岩淵はこれらの、白菊特攻隊の生還者の一人でなければならないだろう。三国の調査・取材は綿密を極めるが、五回の出撃の全搭乗者の名前が分かっているわけではない。作戦の公的な記録「戦闘詳報」が五回の内の二回分しか見つかっていない、という。残りの三回分が明らかになれば、そのなかに岩淵五郎の名はあるのだろうか。あるいは、ついに出撃せず終戦を迎えた特攻隊員の一人であったのだろうか。

三国に拠れば、高知航空隊で特攻の募集が始まるのは二月末頃。この時点では、高知生え抜きの飛練（飛行術練習）生も上海から来た岩淵ら飛練生も、飛練四一期生は「偵察」訓練の三分の二しか終えていず、しかも三月一日には訓練は中止となっている。特攻は乗員の死が前提の戦法だが、目的の敵艦に体当たりするのには技量がいる。航法を司る「偵察」が的確に天候等を判断し無線連絡を取りつつ、操縦士に指示をする。その指示が誤っていては敵艦船に近づくことすらできない。しかも航空機、燃料が払底しつつある一方で「偵察」要員候補は十分過ぎるほどいる。一定技量のある要員の練度を上げることに航空機は使われた。

三月一日付で、課程未了のまま訓練中止となった飛練四一期生は、以後どうしていたのだろうか。終戦まで、岩淵は高知でどのような生活を送っていたのだろうか。

高知では、高知航空隊の慰霊祭が今も盛んに行われている。白菊特攻隊の優れたドキュメンタリー『闇《くら》き南溟《なんめい》の彼方へ――練習機「白菊」特攻隊』を制作した「高知さんさんテレビ」の鍋島康夫と同番組の監修者でもある三国雄大（前述）の協力で、慰霊会に出席したメンバーに話を聞くことが出来た。

高知においても直接岩淵を知る者は見つからなかった。が、岩淵と同じく上海航空隊から高知に移った飛練四一期生の同期生・山田正和の貴重な証言を得ることができた。山田に拠れば、高知に着いた一行は、引き続き「偵察」の座学を続けていた。三月一日に訓練中止となって以降、終戦まで、上海帰りの四一期生は、直接、高知航空で飛行訓練を受けてきた四一期生同様、高知市のやや東方、現在の香南市内で後方作業に明け暮れていたという。作業の内容は、機種別訓練の班別に分かれて、掩体壕《えんたいごう》（飛行機の防空格納庫）の枠用の材木の山からの切り出し、掩体壕の構築、あるいは、特攻隊員の援助であった。

高知航空隊に詳しい飛練四〇期の北村昭は、高知航空隊で飛行機に乗る訓練が出来たのは三八期まで。教程を終えていない四一期はむろんのこと、座学は済んでいるはずの四〇期、三九期でも、飛行機に触ることさえできなかった。本土決戦に備え、ただ黙々と陸上の陣地設営作業に汗水を流す。空には敵機・グラマンが我がもの顔に飛行する。飛行機に乗ることのないまま、作業に向かう岩淵たちの心のうちはどのようであったろう。

岩淵五郎の予科練時代に遡ろう。理想を胸に入った奈良分遣隊は急拵えの練習飛行隊だった。生徒数一万余という大所帯で訓練も充分にできない。宿舎は、天理教の畳敷の部屋だった。それだけに、卒業後の飛行術の練習地が外地の上海と聞いて、少年の身にはどれほどうれしかったことだろう。上海には姉夫婦もいるのだ。神戸から敵潜水艦を回避しながら四日間、降り立った港からは、「ガーデンブッリジ」、「バンド」――国際都市、租界の街の異国の景色を望見したことだろう。「上空《シャンクウ》」と呼び馴らさされていた航空隊は、上海の街の北部八キロほどに位置していた。岩淵は、休みに前述の姉夫婦と再会を果たしている（写真――提供・岩淵家）。

上海には練習航空隊とは別に実践の部隊（「第二五六海軍航空隊」）があり、台湾や南方の防御の任務を担っていたが、岩淵たちが着いた頃から敵軍の攻勢が強まってきた。空襲も激しくなり練習隊の上海航空隊は解散が決まった。

二月四日早朝、岩淵らは、上海駅を出発して陸路、上海から南京へ。南京から揚子江を船で渡り、再び列車に乗って北京へ、北京から奉天を経て釜山へ。釜山から船で下関という迂回路であったが、それでも、途中で敵戦闘機P－38の銃撃を受けている。岩淵らが高知航空隊に着いたのは二月二十日のこと——と詳述できるのは、上海航空隊の教官で帰国の引率をした、藤井三郎の手記「屋久島にて想う」（『或る青春の群像——上海海軍航空隊出身第十三期飛行科（偵察専修）予備学生の記録』元上海海軍航空隊・滬鷲会、一九九二年十二月）があるからだ。

上海航空隊で姉・千代と会う。12月3日の裏書がある。

藤井三郎少尉は高等教育終了の予備学生出身の士官。高知航空隊へ訓練生を引率した藤井は、こののち、第一次白菊特攻隊の一員となり、鹿児島県鹿屋の基地から出撃したがエンジンの故障で不時着。原隊復帰後、再び出撃しようとした日に終戦を迎えている。

岩淵五郎が奈良の天理で予科練の訓練に明け暮れていた頃、吉本隆明は、山形の米沢の地にいた。在籍する米沢高等工業は「米沢工業専門学校」と改称され（昭和十九年四月）、戦局に即応した授業と勤労動員の毎日だった。「大学に行く前の旧制高等工業学校の若者として、（略）僕は結局、現人神である天皇のために死ぬのが一番純粋なんじゃないかな（略）と思うところまで突き詰めてみましたね」（『貧困と思想』青土社、二〇〇八年十二月）、と、振り返る十九歳は、一方で、宮沢賢治を読み続け、「人間性の諸問題のために焦慮と混迷の極をさ迷って」「私は永遠の問題を心に持ちつづけるべきか」（「創造と宿命」、『初期ノート増補版』試行出版部、一九七〇年八月）と懐疑する十九歳でもあったのだ。

そんな時期に隆明は、学内で、岩淵が松本商業時代に体験したような、戦地への熱狂の嵐を体験する。大学への進学をめぐって、進学を返上して即軍隊に入るべきではないかという声が挙がる。「何かが違っている」と思った隆明は、リーダーたちに対し、「大学に進学することが、どうして国家のためにならぬのか説明してもらいたい」と反論して仲間と進学への道を選び取る。呼びかけのリーダーに感じたものは、後年、組合運動中に闘争の切り崩しに動いたオルグに感じたものと同質であったと、隆明は記している（「転向ファシストの詭弁」、『異端と正系』所収、現代思潮社、一九六〇年五月）。

リーダーたちの呼びかけに抗して戦闘員への道をとらなかったものの、隆明は、どこか腑に落ちない自分を感じていた。父・順太郎に相談する。順太郎は、第一次大戦の生き残りとして、後述のような経験談を話して聞かせた。

さても昭和十九年夏。時に隆明は十九歳。その一年前、昭和十八年の夏には岩淵五郎は予科練に志願していた。国への思い、自分をむなしくして大義に生きる、という考えは隆明と同じであったろう。が、わずか、十五歳十か月だ！　学校・地域を上げての戦場へという熱気に、どうして、勉強を続けることがお国のためになる、などと考え、主張することができたろう！　隆明の深慮には思いも及ばなかったことだろう。岩淵は、戦時下の中等学校の生徒の一人として、昭和十八年十一月二十五日、一家で記念写真を撮り、奈良分遣隊に向けて出立していった。

昭和二十年夏、東京工業大学の学生として、二十歳の隆明が、ロケット戦闘機「秋水」の燃料開発に取り組んでいた頃、十七歳の岩淵五郎は、香南市の山奥で海辺で、「本土決戦」＝敵前上陸に備えた土木作業に汗を流していた。隆明の父・順太郎が息子に語った戦争の体験談とは、次のようなものだ。

戦争というのは、お前が考えているようなものでもないよ。敵と鉄砲を撃ち合って華々しく死ぬなんてことは、滅多にない。雨の中、塹壕《ざんごう》に身をひそめて、一日じっとしているうちに、上から泥が落ちてきて、隣にいた戦友がその泥に埋まって死んだなんてこともあったよ。また、病いに倒れ、下痢が止まらずに死んでいく兵隊もいる。そういうのが戦争では普通なんだ。

（『私の「戦争論」』ぶんか社、一九九九年九月）

ところで、これこそ、岩淵が体験した〈戦争〉ではないだろうか。飛行機を駆って敵艦に体当たりすることではなく、敵機の襲来に身をひそめつつ、土木作業に明け暮れる——岩淵の体験した〈戦争〉は、隆明が兵の道を選んでいたら、たどっていたかもしれないもう一つの〈戦争〉なのだ。自分の生が自分を超えた大いなるものと一体化することを夢見つつもその時は、およそ、自分の思い描いていた姿と違った形で訪れる。隆明が、徴用先の魚津から東京に帰る道すがら、復員してくる兵士に列車の中で感じた違和感（「思想的不毛の子」、前述）を、岩淵五郎は、土佐の地で十七歳の身に重く感じていたかも知れない。

隆明は、敗戦のショックを前章で触れたように書き記した。が、岩淵の思いは書き残されていない。ただ、その突然の死までの、誠実な生がしのばれるばかりだ。

戦後を生きる

I

高知で終戦を迎えたのち、岩淵五郎はどうしたのであろうか。筆者は岩淵の生まれ故郷、長野県筑北村坂北を訪れた。筑北村坂北は長野県の中央に位置し、松本から電車で三十分ほどのところだ。秋晴れの午後、村は緩やかな傾斜地に畑が広がり、低く川が流れ、遠く山並みが望める。妹・徳子の嫁ぎ先、栗田家は大きな農家であった。岩淵五郎と三歳違いという徳子は終戦時、十五歳。岩淵が帰ってきた日を鮮明に覚えていた。終戦の翌々日のことだという。

「何も持たないで、海軍の半袖の仕度で、帰ってきましたね」。

その後、岩淵は村の青年団の仕事をするなどしていたが、地元・坂北小学校の校長から代用教員の誘いを受ける。五年生と六年生を受け持ち、再度五年生を受け持つ。「新聞の読み方」など教科書に拠らない教育をして、生徒からは「五郎先生」と慕われていたという。が、岩淵は、都合二年間ほど勤めたところで教員を辞める。徳子の話では、教員の免許を持っていないことと、その頃から、日本共産党にシンパシーを抱いていたことが辞める要因ではなかったかという。

岩淵五郎は上京し編集者の道を歩き出す。その一歩は、意外に近いところから始まった。岩淵の親類に田中康弘という中央公論社の社員がいた。その田中のつてで中央公論社で職に就いた。けれど、徳子の話では短期間でやめてしまったようだ。

その後の足取りは定かではない。岡田丈夫の追悼文には「戦後文化評論社（藤田親昌氏経営）に勤務」とある。藤田親昌は戦中の言論弾圧事件「横浜事件」に連座した元・中央公論社社員。文化評論社は、知的なジャーナル誌「文化評論」ほか単行本を出版。内容的には、春秋社での岩淵の仕事を連想させるものだ。その中央公論社から文化評論社への道筋には、藤田の存在があったのかと思われるが、確認は取れない。

岩淵の故郷・筑北村坂北。岩淵が勤めた坂北小学校が見える。

岩淵の足取りが確実になるのは、神田千代との出会いからだ。こののち、岩淵五郎と深いえにしを結ぶことになる千代について まず触れておこう。

長男・神田有の手になる神田千代の略歴および談話に拠れば、神田千代は大正元（一九一二）年八月三重県生まれ。当時少数者が進む女子大、日本女子大学の国文科で学び、卒業後、春秋社に入社した。千代は創業者・神田豊穂の秘書を務める傍ら編集者として活躍。やがて、豊穂の子息の神田澄二と結婚する。夫とともにに満州に渡るも現地召集で夫は戦病死。子どもを連れて苦難の引き上げをする。その後「アカハタ」の記者となったというのは唐突な感じがするが、それには亀井勝一郎の影響があった。千代は女子大で亀井勝一郎夫人・斐子と知り合い、生涯の友となる。プロレタリア文学時代の亀井勝一郎から、若き日に左翼思想の手ほどきを受けたのではないかという。

ともあれ、「アカハタ」。岩淵はそこで千代と出会う。岩淵も記者として「アカハタ」にいたのだ。岩淵がどのような経緯で「アカハタ」に入り、二人がどう親密になり、いつ「アカハタ」を辞めたのかは詳らかにはしない。やがて、千代は春秋社に復帰。すでに周囲には夫婦として認められていて、岩淵五郎の入社とチェンジする形で千代が春秋社を辞める。入社後の編集者・岩淵五郎についてはすでに見てきた通りだ。政治思想・活動の面での隆明への共感・交流は「日本読書新聞」の事件がその一端を物語る。

春秋社をいったんは辞めた神田千代だが、仕事は続けていった。岩淵の死後も校閲・校正などの仕事で子女を育てあげている。母に「専業主婦」の時期はないと有はいう。働く女性の先駆的存在であったのだろう。

さて、吉本隆明と岩淵五郎だが、隆明の長女・多子《さわ》（漫画家・ハルノ宵子）には、岩淵について特別な思い出がある。

「遊びの相手をせがんだようなのです。小さい頃で、ままごと遊び、のようなことでした」。いつもニコニコ笑顔で相手をしてくれた。岩淵が亡くなったとき、多子は、小学三年生になろうとしていた。遺品のなかに「私宛てのみやげ品があった。アイヌの髪飾りです」。岩淵亡き後も、交流は続いた。多子は、神田千代に招かれて、三鷹の自宅に泊まりに行ったりもしている。神田有の思い出には、神田家と隆明の家の交流の深さを示す出来事がある。神田有によれば、神田千代の長女と「試行」の寄稿者として知られる作家・浮海啓の結婚では、隆明夫妻が仲人役を勤めたという。浮海の作品集『夢の軋み』（泰流社、一九七七年三月）の解説は隆明が書き、おそらく、神田千代がその校正をしている。さらに、神田千代が歌人として立ったのには、隆明のほか岩淵五郎が親しくした人たちが関係している。

神田千代の『山の菓――やまのこのみ』の「あとがき」に次のようにある。

夫の三回忌をやがて迎えようとしていたころでした。故人となられた村上一郎氏がふらりと訪ねてこられて「追悼集を編みましょう。奥さんにはお歌を出して頂きます。五十首ほどまとめておいて下さいませんか」と唐突なお話がありました。それまで短歌とは全く無縁にすぎてきたわたくしは驚くとともに少からず当惑もいたしました。歌は作ったことがありませんと申上げるわたくしを村上さんは多分お信じにならなかったのだと思います。よろこんで御申出に応じないわたくしを飽き足りなく思われたのでしょうか。追悼集のことはそのまま立消えになりました。

追悼集は立ち消えになったが、「このことが機縁になって」、神田千代は、「短歌の世界に足をふみ入れる」。村上一郎の申し出から約八年後、神田千代は第一歌集『山の菓――やまのこのみ』を上梓する。歌集の名を付けたのは、隆明だった。

歌集名の「山の菓（やまのこのみ）」は吉本隆明氏がおつけ下さいました。日本書紀からおとりになられたとのことです。

題字は秋山清氏にお願いいたしました。お二方は亡くなった夫にとって、かけがえのない大切な方々であられましたので、わたくしのつたない歌集のために御力添えを頂けましたことを何よりもうれしく思います。

折から、隆明の『初期歌謡論』（河出書房新社、一九七七年六月）が成ろうとする頃合だ。毎日のように『古事記』や『日本書紀』、記紀歌謡を読みふけってきた隆明が千代の歌集の題名として選んだのは、『日本書記』巻第十（「應神天皇」）、吉野川上流の古代の民「くずひと」の素朴な暮らしに触れた一節と思われる（國學院大學日本文化研究所・中村啓信編『日本書記総索引』角川書店、一九六八年二月。『日本書紀上』岩波書店、一九六七年三月）。

夫國樸者、其為人甚淳朴也。毎取山菓食。
それくずひとは、そのひととなり、はなはだすなほなり。つねにやまのこのみをとりてくらふ

神田千代が師事したのが、昭和歌壇の巨星・宮柊二であったことは、これ以上ない幸運であった。千代の才能は宮柊二の主宰する歌誌「コスモス」のもとで開いていき、五十代の半ばで始めたにもかかわらず、『染衣《しめころも》』『寒泉《しみづ》』『芳摘庵詠草集』の優れた歌集も得ている。歌集のなかで神田千代は、自分の半生の出来事を何ひとつ包み隠すことなく、直截に歌い書いている。岩淵についても「不思議な出会いののち十年の生活を共にして忽然と世を去りました二度目の夫」（『山の菓』「あとがき」）と記し、岩淵への想いを歌い、神田千代の子どもたちが岩淵を父親と慕う様を描いている（岩淵と千代は未入籍）。

新しき父をうれしみわが子らはひたすら君を誇りてありき　『山の菓』
眼差しも好みも癖も末の娘は育ての親の夫に似て来し　『山の菓』
雨の降る彼岸の一日ジーンズをはくを見せばや墓の夫に　『芳摘庵詠草集』

晩秋、神田有の案内で、三鷹市深大寺の、岩淵五郎と神田千代の墓に参った。「岩淵五郎之墓」と銘のある墓は、事故後、千代が建てたものだ。千代は平成十六（二〇〇四）年六月、満九

十二歳を前に死去したが、千代の岩淵への深い想いは傍らの千代の歌碑が示している。

ちくま野と伊勢とに生れしが縁しありてともにむさしの土に朽ちなむ　千代

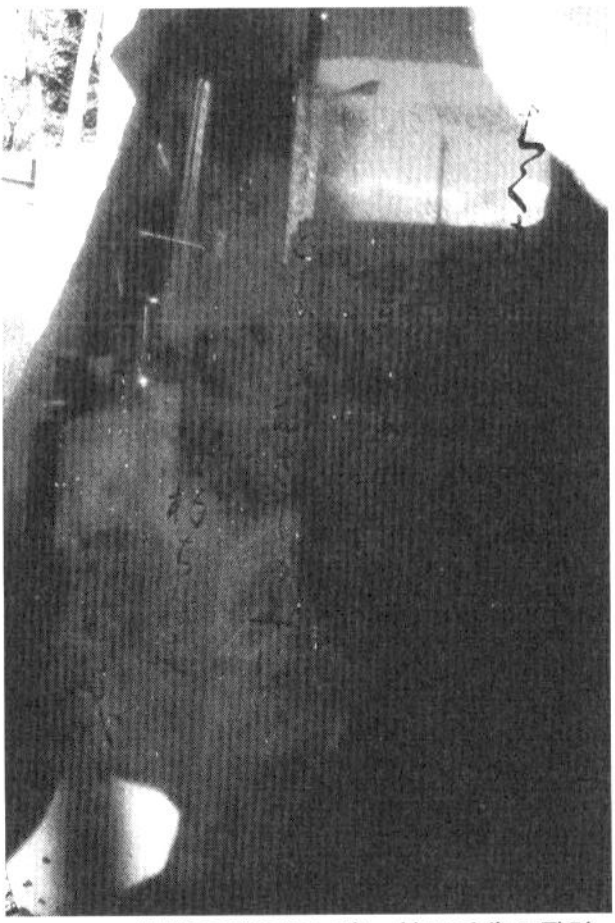

岩淵の墓の傍に建つ神田千代の歌碑。

当初、岩淵五郎の生涯をたどることを困難にしたのは、その「生年月日」であった。遭難時の新聞報道を始め、すべての記事が実年齢より九歳年上としてあったのだ。妹の徳子は、年上であった神田千代への心遣いではないかと推測する。岩淵は、神田千代と出会い、その夫として五人の子の、のちの父親として生きた。その愛情あふれる生活は、凍りつくゼロの地平から希求されたものであるはずだ。輝く夢が失われた以上、望むべきどんな名誉・栄達があるというのか。岩淵五郎は、妹・徳子にも自分の挫折の歴史を語ってはいない。徳子は岩淵の胸中を推し量って言う。

「兄は、戦後は、自分はやるべきことをやっていれば良いと思っていたのではないでしょうか。認められようとか、名を出そうとかいうことはなくて、ありのままの自分でいれば良いと思っていたのではないでしょうか」。

もし、岩淵の「特攻帰り」を「伝説」と呼ぶなら、その伝説は、岩淵の公私にわたる、たぐいまれな献身が、普通の来歴からは納得できないほどであり、「伝説」を生み出さずにはおかなかったから、と言えるであろう。

隆明の側からは、「伝説」の岩淵五郎は、もう一人の自分であった。「敗戦、降伏、という現実にどうしても、ついてゆけなかったので、できるなら生きていたくないとおもった。」(『高村光太郎』)という、隆明が魚津の海に身を浸しながら感じた絶望は、岩淵が高知の海を見つめて嚙みしめた無言の思いと同じはずだ。熱い理想に燃えて入った海軍で、敵と戦う前に断念を強いられていた。

2

ここで今一度、隆明の岩淵五郎への追悼記事に立ち戻ろう。隆明の岩淵五郎への言及は、「称名ホテル」の主人夫婦を回想することから始められた。「わたしは、動員先にいるあいだ、〈称名のあの宿の主人夫婦はいいな〉とおもいだしたように仲間に口走ってかれらを苦笑させた(略)」というのは、昭和二十年の夏、確かに隆明が持った直截な想いであろう。が、一次的なその想いが岩淵五郎に結び付けられたとき、この一文は、昭和二十年夏の学生・吉本隆明の感想を超え、この追悼文が書かれた、昭和四十一(一九六六)年の一つの態度の表明となる。青春の一次的な想いをはらみつつも、別の次元で隆明の思想が語られる。岩淵五郎は、父・順太郎、今氏乙治に連なる、〈放棄〉を孕む〈大衆〉像として位置づけられることとなったのだ。

この「情況への発言——ひとつの死」が発表された昭和四十一年とは、吉本隆明にとって重要な年であった。『言語にとって美とはなにか』（勁草書房、一九六五年五月、十月）の刊行に続き、のちに『共同幻想論』（河出書房新社、一九六八年十二月）として刊行される論考が「文藝」誌上に連載され始め（十一月号～一九六七年四月号）、そのかたわらで、雑誌「日本」（講談社）掲載の「情況とはなにかⅠ～Ⅵ」（二月号～七月号、『自立の思想的拠点』所収）が日韓条約批准闘争後の政治活動に大きな影響を与えつつあった。その情況論の大切なタームのひとつとして、「大衆」の語はあったのだ。

隆明は、まず既成の大衆運動の捉え方の誤りを指摘する。

> 大衆はそのとき現に存在しているもの自体ではなく、かくあらねばならぬという当為か、かくなりうるはずだという可能性としての水準にすべりこむ。大衆は平和を愛好するはずだ、（略）大衆は権力に抗するはずだ、そして最後にはずである大衆は、まだ真に覚醒をしめしていない存在であるということになるのだ。
>
> （「情況とはなにかⅠ——知識人と大衆」）

次に「大衆」の現実の像が語られる。

大衆は社会の構成を生活の水準によってしかとらえず、けっしてそこを離陸しようとしないという理由で、きわめて強固な巨大な基盤のうえにたっている。(略)もっとも強固な巨大な生活基盤と、もっとも微小な幻想のなかに存在するという矛盾が大衆のもっている本質的な存在様式である。
(同)

続けて、「大衆」の強固で巨大な「生活基盤」が、幻想としては上位にある国家を超えるものであることが指摘されてゆく。

大衆が国家の幻想性によって制約されずに連合が可能であるという根拠は、社会の構成を生活過程の水準をはなれてはかんがえることがないという点にのみもとめられる。(略)生活水準としてけっしてそこからはなれない大衆の思想は、世界性という基盤をもっているのだ。
(同)

注意すべきは、状況論として語られる、この「大衆」の像が、同時進行していた「共同幻想論」と表裏一体をなしていることだろう。

人間はしばしば自分の存在を圧殺するために、圧殺されることをしりながら、どうすることもできない必然にうながされてさまざまな負担をつくりだすことができる存在である。共同幻想もまたこの種の負担のひとつである。だから人間にとって共同幻想は個体の幻想と逆立する構造をもっている。

（『共同幻想論』「序」——単行本刊行時執筆）

隆明が岩淵五郎を「大衆」と定義するとき、隆明には、この国家を超える大衆の像が意識されていたことは間違いない。岩淵と社会・政治活動を共にし、物書きと編集者として関わってその知識人たるを充分に知りながら、〈現存するもっとも優れた大衆〉と岩淵を定義したとき、その「優れた大衆」とは、何をもって言うものなのであろうか。

かつて今氏乙治について語ったとき隆明は、「「個」の生涯から埋没させ」た「劇《ドラマ》」が、「かれのどの時期にあったか推量できない」（「過去についての自註」）としながらも、「自己を埋葬させたとかんがえられる」「裏づける証拠」（同）として、塾の月謝の額を定めず請求しなかったことに求めた。

隆明は、岩淵の「劇」が終戦の時期にあったと推量し、「特攻」をその指標とした。では、隆明が岩淵に、「個」の〈放棄〉の証左を見たのは、何によってか。

隆明の岩淵像を見てみると、その文中の或るアクセントに気づく。

ただ他者への献身だけで貫き、家族を愛し、他人に対してはおもいも及ばないような秘された手をさしのべ、それでいてどんな親しい家族にも自己の来歴について語ろうともせずに沈黙のままに生きた（略）。

（「情況への発言——ひとつの死」）

ここにある、「他者への献身」、「家族を愛し」、「他人に対してはおもいも及ばないような秘された手をさしのべ」とは、隆明が岩淵に見出した、なにであったのだろうか。私たちは、隆明が、〈大衆〉と「共同幻想」を論じて、男女の〈家〉、「対幻想」のありように注視し、市民としての個人ではなく「対幻想」をこそ自立の拠点とみなしていることに思い至るのだ。

人間は〈家〉において対となった共同性を獲得し、それが人間にとっては自然関係であるがゆえに、ただ、家において現実的であり、人間的であるにすぎない。市民としての人間という理念は、〈最高〉の共同性としての国家という理念なくしては成りたたない概念であり、国家の本質をうたがえば、人間の存在の基盤はただ〈家〉においてだけ実体的なものであるにすぎなくなる。だから、わたしたちは、ただ大衆の原像においてだけ現実的な思想をもちうるにすぎない。（略）家の共同性（対共同）は、習俗、信仰、感性の体系を、現実の家族関係と一見独立して進展させることはあっても、けっして社会の共同性をまねきよせることも、国家の共同性をまねきよせることもしないと。

（「情況とはなにかⅥ——知識人・大衆・家」）

隆明は、この論考を自分の結婚に触れて次のように書き出している。

もう十年近くもまえのことだが、橋川文三といっしょに高崎行きの列車に乗りあわせたことがあった。わたしのほうは結婚したばかりで、橋川文三のほうはまだ独身であった。（略）きいていた橋川は笑いながらいった。

——それ転向だな——。

わたしは、独身もののおめえにはわかるまいというようににやにやしながらも、（橋川のいうのを）妙に鋭い印象で聴いた。（略）もっと私的に、結婚したばかりで焼きがまわったなというほどのやゆだったかもしれない。

橋川が「やゆ」したのは、隆明が、出征兵士の「元気で御奉公してまいります」という「紋切型」の挨拶の重みがこの頃「ほんとうの意味」でわかった、と言ったことに対してだ。

この文章は岩淵五郎を追悼する文に間を置かずに書かれているが、岩淵の死に先立つ三か月前に、隆明は、より直截に自分の結婚・家庭観を提示している。「わたしは当時、回復するあてのない失職と、ややおくれてやってきた難しい三角関係とで、ほとんど進退きわまっていた。」（「鮎川信夫論——交渉史について」、初出一九六五年十一月、『自立の思想的拠点』所収）と記し、「戦後、最も強く衝撃をうけた事件は？」というアンケートには、「じぶんの結婚の経緯。これほどの難事件に当面したことなし。」（「30人への3つの質問」、「「われらの文学」内容見本」講談社、一九六五年十一月、『吉本隆明全著作集5』所収）と応えている。

昭和二十九（一九五四）年十二月、葛飾区上千葉の実家を出た隆明は、文京区駒込坂下町に四畳半一間のアパートを借りる。東洋インキの社員であったが、組合運動の中心人物として排斥され母校・東京工業大学への長期出張を命じられていた。翌年の昭和三十（一九五五）年六月、総務部への帰社命令を機に退社。失業状態のなかで、昭和三十一（一九五六）年七月頃より、夫と別居していた黒澤和子と暮らし始める。特許事務所に職を得、田端の六畳一間のアパートに越し、入籍し、長女・多子が誕生したのは、翌昭和三十二年のことだ。

それから、約十年の日数が過ぎていた。二人目の娘（真秀子・作家よしもとばなな）が生まれたあと、田端に借家（大家と一つの家を折半）をし、翌々年には、文京区千駄木に建売住宅を購入するまでになっていた。

それまで触れることのなかった自らの結婚の事情を語るというのは、それだけ、客観視する余裕がもてたということであろうか。「子供をうんだ〈家族〉」が「構成員がふえたということではけっして解きえない異質のものに転化する」（「情況とはなにかV」）ということを実感し、家庭こそが〈大衆〉としての拠点であると自覚する。

吉本隆明の詩と思想の核ともいうべきものは、作品の上では、詩集『固有時との対話』から

『転位のための十篇』、「マチウ書試論――反逆の倫理」、とそれらに前後する詩群・ノートに求めることができるが、実生活の上では、作品の成るのと同時期の――東洋インキでの労働運動とその敗北、失職から結婚――にたどることができる。この間、傍らにあって、初めは同人誌の相方の妻としてその存在を知るだけであったが、やがて「対」として歩むことになった妻・和子（黒澤和子）との十余年。隆明は、良き夫であり父である、暮らしのなかの岩淵五郎にまなざしを向ける。感得されてくるのは、戦争期における自身の姿と同様に、ここでも、隆明自身の劇ではないだろうか。

ただ他者への献身だけで貫き、家族を愛し、他人に対してはおもいも及ばないような秘された手をさしのべ、それでいてどんな親しい家族にも自己の来歴について語ろうともせずに沈黙のままに生きた（略）。（前掲）

という言葉を繰り返し読むとき、隆明の熱い願いが伝わってくる。

補註

詩集『記号の森の伝説歌』の評価

『記号の森の伝説歌』を論じたものとして、吉田文憲に「ナイーブさの底に潜むもの――『固有時との対話』から『記号の森の伝説歌』まで」（「現代詩手帖増刊　吉本隆明と〈現在〉」、一九八六年十二月）と『吉本隆明詩全集6　記号の森の伝説歌』（思潮社、二〇〇七年二月）への書き下ろし稿「胎児の夢を乗せた「舟」と「文字」」とがあり、北川透に「記憶を記号化する試み――吉本隆明詩集『記号の森の伝説歌』について」（『侵犯する演戯――'80年代詩論』所収、思潮社、一九八七年十一月）がある。芹沢俊介が聞き手の吉本隆明へのインタビュー「わたしのものではない〈固有〉の場所に――詩的出発について」（「現代詩手帖」二〇〇三年九月号）と「「遠い自註」にうかぶ舟――『記号の森の伝説歌』について」（同二〇〇三年十月号）は、芹沢と吉本隆明の対談『幼年論――21世紀の対幻想について』に連なるもので、母胎あるいは発生の記憶に遡る人間存在に思いをいたした、奥深い対話として得難いものだ。

「遠い自註」

『記号の森の伝説歌』に当初「遠い自註」という題名で出される予定があったことは、川上春雄が、『吉本隆明全集撰1』（大和書房、一九八六年九月）の解題で触れており、また、吉田文憲が「ナイーブさの底に潜むもの」の冒頭で「思潮社編集部から送られてきた吉本隆明の『遠い自註』と題された「野性時代」に十年間にわたって連載された連作詩篇」と記していることによっても分かる。両者のいうところは、筆者が所持する初校のコピーによっても確認できる。校正紙は、筆者が編集責任者だった雑誌「鳩よ！」（マガジンハウス）へ、発刊を前に角川書店からプロモート用にもたらされたもの。吉本隆明の朱が入り、個別の詩の題名が削られた上で長編詩のまとまりごとに巻紙状に貼り合わされているが、右肩の詩集の題名「遠い自註」には手がつけられていない（出校日付三月十七日）。川上の解題にある、「今春になると、さらに連作詩篇から長詩へという発想に発展したことを著者から聞いた」との証言や、前項、芹沢のインタビューで、隆明が、連載と詩集の「あいだにもうひとつ層をつくって自分で註みたいなものをつけようとした」と言っていることからみて、現在の詩集とは別の題名および別の内容の詩集が考えられていたことは間違いない。

「幻と鳥」

『記号の森の伝説歌』の巻頭に置かれた「幻と鳥」は、「連作詩篇1」として始められるおよそ八か月前に、「野性時代」十月臨時増刊号〈十月号は別にある〉に単独で掲載されたものだが、この別冊が、角川春樹の企画した、〈古代船「野性号」による邪馬台国への道・朝鮮海峡横断〉の「独占総特集」であることに注意したい。古代船のイメージ・イラストの表紙から始まり、海峡をわたる船の「カラー特報」のあとに扉があり、本文の巻頭の扱いで、井上靖の「沙漠と酒」二頁見開きに続くカラーオフセットで、「幻と鳥」が二頁見開きで掲載されている。また、同じ号で隆明は考古学者の樋口清之と「鏡の国と鉾の国」と題された対談を行っている（『よろこばしい邂逅』所収、青土社、一九八七年十月）。また、この「幻と鳥」は、角川春樹著『わが心のヤマタイ国』（立風書房、一九七六年六月）の巻頭に片起こし三頁で収録された。

熊本講演と「地方」と福岡講演

「熊本日日新聞」昭和三十八（一九六三）年十一月十日付けの十面、「文化コーナー」に「吉本、谷川氏　19日に講演」の見出しで、二十一行の案内がある。それによって講演は十九日午後六時から会費は百円、会場は、「銀杏通り熊本大店会館ホール」と知られる。この講演「状況への発言」（原題）を収録した「地方」創刊号は翌年の一九六四年十二月の発刊。同号の「新文化集団のあゆみ」「編集後記」が創設の意図と活動の経緯を物語っている（日本近代文学館蔵）。なお、鶴見俊輔門下の魚津郁夫に「鶴見さんの卒業論文、ハーバード、そして熊本」（『鶴見俊輔――いつも新しい思想家』所収、河出書房新社、二〇〇八年十二月）があり、「思想の科学」熊本特集号の魚津の「編集後記」と共に、当時の様子を知ることができる。

なお、隆明は熊本の講演で「四、五日中には天草にいって」と言っているが、次の九州大学の講演会は、十一月二十三日に開かれており、その講演で「ぼくはきのう天草へいったばっかりですから」と発言していることから、天草行きは、熊本講演と九州大学講演（福岡市）の間になされたとわかる。九州大学での講演「情況が強いる切実な課題とはなにか」（原題「……何か」）は

「九州大学新聞」（五〇一号、九州大学新聞部、一九六三年十二月十日）に掲載ののち『情況への発言——吉本隆明講演集』に所収。

天草の海上交通

天草の海の交通は早くより発展を遂げていた。明治三十二（一八九九）年に熊本と三角の間の鉄道が開通すると、船で三角港に行き三角駅から汽車で熊本へというのが一般的になっていた。吉本家が島を出た前年、大正十二（一九二三）年の運賃・運行表によれば、熊本側の三角港と長崎までの間をつなぎ、天草の各所を回っていく航路があった。家財道具を運び出さねばならない場合は別だが、空身でなら島の出入りにさほどの困難はなかったであろう。逆に言えば、橋の架かるまで、船によらないと島への出入りができないのは、あとの時代でも一緒だ。昭和三十八年十一月、隆明が天草を訪ねた時、熊本在住の高浜幸敏に泊まる宿まで教わっていることからみて、三角・網場の航路の最短コースを取ったものと思われる。一日に一往復ではあるが、鬼池に寄港する昼の便があったことが当時の時刻表から分かる（濱名志松著・発行『天草の海上交通史』、一九九七年一月）。

順太郎の手紙

封書表——

熊本縣天草郡志岐村浜之町
荒木秋三郎殿
封書裏――
在京
吉本
十二月八日

手紙本文（全）――
御手紙拝見仕り候　承レバ酒井様御病気ノ由　拙宅一同警入り候　其后御経過の如何ニ候ヤ御手数乍ラ度々御報せ被下度候　申迠モ是無ク候へ共　手術ヲナシタル病ハ后看病ガ大切デ　御貴家御一同手揃に致し居ラレ候間　安心致し居り候へ共　如何ニシテモ此度の御病気の御全快下サル様　御手盡シ下サレ度　拙家一同神掛ケテ祈り居リ候　小生事の未ダ時ヲ得ズ　御恩人ノ御病気ニ際しテモ何事モ出來ザル有様ニテ　御貴殿ノ事ヲ分ケタル御申越シニ對シテモ　御満足ニ預ル事の致シ兼候へ共　決シテ酒井様ノ御恩ヲ忘レタルニハアラズ　小生命ダニアラバ一度ハ必ズ報恩ノ時アル可候
是非如何ニシテモ御全快下サル様手ヲ盡シ下サレ度　呉々御願ヒ申候　御申越ニ對シテモ　如何ニモシテ何程ナリ共　御送金致サネバ御済マザル折節ナレド如何ニセン　田舎と違ツテ　一歩ヲ

間違へバ　今日家内一同ノウエヲ見ル有様ニテ　残念至極ニ御座候
本年モ最早餘リナク明年江トモ相成ラバ　幾分今迠一生懸命働イタル結果アラハレ　開運ニ向フ
可ト思居り候
呉々モ酒井様ノ御病気御頼ミ申候
先ハ取敢ズ御返事迄
幸徳屋御一同様

（翻刻協力・岩崎信夫）

川上春雄の資料と天草

吉本隆明のテキストを確定し、評伝の基礎を作った故・川上春雄は、「吉本隆明年譜　年代抄」で天草に言及して、次のように述べている。「ひとつは、著者が、つねにみずから「家系のないことを誇りとする」とか（略）「谷川さんに庶民といわれてうれしくってしようがない」とか、ぼくは天草出身の「舟大工の子ども」とか発言していることから、吉本氏の存在に関心をもつほどの人がしらずしらずのうちにそのような印象をもちやすいということはやむを得ないとしても、事実によって、読者のいだいているであろう吉本隆明についての系族概念を破壊しておきたいという問題があった。（略）資料にかぎっていえば吉本一族もまた時代の推移とともに天草富岡地方において、壮大な歴史に関与してきたのであって、わたしは壬申戸籍以前にまで遡って吉本系族の変遷と、その周辺事情を把握している」。

日本近代文学館が収蔵する川上の吉本隆明関係の資料、「川上春雄文庫」には、川上の、天草に関する手稿が遺されてあった。

川上の手稿は、B5判に近い大判のノートに「評伝」と自ら題を墨書したもので、内容は、①「吉本隆明年譜断片」＝メモ　②ガリ版刷りの「＊消息」と題した質問リスト　③同じくガリ版刷りの「吉本系譜　天草篇」＝簡易な家系図　③「＊資料」と題した戸籍帳の写し　④「＊郷土史関係」＝関係者・関連書物リストおよび調査協力依頼文＝昭和三十九（一九六四）年十月付け、からなる。拙稿の検証には主に③を用いた。なお、川上春雄に天草を踏査した様子はなく、存命であった隆明の父・順太郎、母・エミに話を聞き、森田次善の協力を得て調べていったことが④で分かる。川上春雄は、昭和五十三（一九七八）年八月、隆明の次女・真秀子の夏休みの宿題「わが家のルーツ」に助力している。当時、文京区立第八中学二年生であった真秀子のために川上は、四百字詰め七枚強のレジュメ（昭和五十三年八月二十七日のゴム印あり）を作った。このレジュメ「吉本家の源流」と、真秀子宛の手紙、真秀子との電話のやり取りのメモを、川上は「吉本家の源流」「吉本真秀子あての手紙ほか」と表紙に墨書した一冊のノートにまとめている。権次が明治三十六年に志岐に転籍したとの記述はこの「吉本家の源流」にあり、③の戸籍帳が「明治十三年二月更生　戸籍帳」と特定できるのもこのレジュメに拠る。

『吉本隆明の東京』に引き続き再び、隆明と臨終の母の場面を引用したが、〈母からの傷〉は本格的に論じられて良い課題だ。ひとり三浦雅士が、隆明の初期の詩群「日時計篇」の解説で、「海」＝「母」として、隆明の母の抑圧と抑圧の場所を読み解き、その後の『母型論』（学習研究社、一九九五年十一月）が歴史と自己が交錯する主題として、母の課題をはらんでいることを指摘している（『吉本隆明詩全集3』思潮社、二〇〇七年七月）。

魚津に赴いた時期・正門・寮・泳ぐ

日本カーバイドの社史および深間信義の証言によってプロジェクトの立ち上げは昭和二十年四月早々とわかるが、隆明はいつ魚津に赴いたのか。①「そして、十月、わたしは、東京工業大学へはいった。」（「過去についての自註」）②「二、三講義を聞いてから行った」（隆明談二〇〇七年七、九月談）③「決戦教育措置要綱」によって二十年四月以降終戦まで国民学校初等科を除くすべての講義・授業は停止になっている③三月十日の東京大空襲を東京で体験している④動員決定の頃、ガリ版のクラス雑誌を級友とやっている＝一定期間の学生生活があった⑤プラントは、小型の装置から本格的施設作りにまで携わった（隆明談）――以上から、二十年四月の、遅くとも海軍省の下命（二十四日）前に魚津にいたと推定できる。本文にあるように、出立に際してクラス雑誌の仲間・加藤進康に手紙を残している。手紙の日付が分かれば出立の日付がはっきりするのだが、所蔵する川上春雄文庫に拠っても確認できなかった。なお、文部省は昭和二十年八月末に九月から授業を再開するよう訓令しているから、拙著『吉本隆明の東京』で、終戦後、東京工業大学の授業が再開されなかったのを「決戦教育措置要綱」のせいとしたのは明らかな誤りであり訂正したい。

本文のように、隆明らは終戦の放送を正門近くの広場で聞いたのだが、当時の正門の位置は現在の正門の位置と異なっている。『日本カーバイド工業二十年史』の口絵の地図に拠れば、以前の正門は現在の正門から西に数十メートル下った、引き込み線の近くにあった。この正門の位置がどこかについては、工場に接する、当時からの寺崎たばこ店〈寺崎孝郎経営〉の子女・浦島寿子、同じく近隣に住み同工場に勤務していた加藤庄一の証言を得た。

魚津にいる間住んでいた寮はどの寮か。決め手の一つは、本文のように海からの距離だが、もう一つの判断要素として寮の設備がある。隆明は以前のインタビューでは、昼は工場の食堂で食べるが、寮にも食堂があって「朝晩は社員寮で食ったり、自分で食いに行っちゃったりとか「白米ですね。丼飯一杯。ただ、混ぜご飯っていうのか、大豆なんかが入っていたりすることはありました。」と答えている（『吉本隆明「食」を語る』朝日新聞社、二〇〇五年三月。聞き手・宇田川悟）。なお当時の日本カーバイド社員・深間信義の証言には福井大学工業会事務局長（当時）・西出俊亮の協力を得た。

本文中に引用した〈漁港の突堤へ出ると〉〈裸になると海へとびこんで沖の方へ泳いで行った〉とは実際はどのようであったのか。「一九四五年八月十五日のこと」にはやや詳しく述べられている。「わたしは泣き寝入りからさめるといつものように泳ぐ支度をして寮のおばさんに照れ笑いのあいさつをして港の方へ出た。（略）港の外に出て所在もなく仰向《あおむ》けで青い空を見たり、手を振りまわしたりして浮いていると、通りかかった漁船が近よってきて声をかけてきた。わたしは手を振って溺《おぼ》れたのでないと合図をすると、港の内側に戻った。」水泳の支度をして出かけたこと、港の堤防の外、外洋に泳ぎ出ていることがわかる。実際に突堤の外に出てみると波は荒く水の色も変わり、筆者などは不安を覚えた。隆明の泳力の高さを思い知らされる。

農家勤労動員と立山登山と紫陽花の短歌

隆明の談（二〇〇七年九月）によれば、この大里村の勤労動員で、隆明らは短期間に麦の刈入れと田植えを手伝ったという。隆明と竹内が泊り込んだのは一軒の農家だから、作業は麦と水稲の「二毛作」であったと思われる。麦を刈入れた後、水を引き入れ田植えをする。現・熊谷市の大里地域では、麦の値が下落していない九〇年代初め頃までは、「二毛作」が普通に行われていた。その際、麦の収穫から田植えまでの間隔は四、五日で、時期は、六月の上旬から中旬が考えられる（熊谷市大里行政センター産業建設課。二毛作については、サイト「稲麦二毛作体系の定着化条件」福島県農業試験場、今泉耕治・渡辺正孝『東北農業研究』40、一九八七年）。

隆明の談（同）では、立山登山のとき、アジサイの花が咲いていた、という。立山のアジサイの開花時期は、富山大学理学部・岩坪美兼教授によれば、称名滝付近なら六月下旬、弥陀ヶ原付近まで登ると、七月初旬から中旬という。隆明には、この時のアジサイを歌ったと思われる短歌がある。「紫陽花のはなのひとつら手にとりて越の立山われゆかんとす」（『初期ノート増補版』）。この短歌の発掘者、川上春雄の指摘するように、この短歌は、別の一首と共に、詩「時のなかの死」に用いられている。「しだいに死は死のまま生をつみあげた／残酷な八月の停止を忘れ／〈一九四五年八月の「ノート」から／紫陽花のはなのひとつら手にとりて／越の立山われゆかんとす／手をとりてつげたきこともありにしを／山河も人もわかれてきにけり〉／物の怪のような大豆かすに／失調した五年／を裏切るような思想のデータを憎悪した十年」の短歌を使用した部分には、明らかに魚津での日々、終戦の体験が再構成されている。隆明の外部世界へ向けての動きそのものといえるこの傑出した詩は、「ユリイカ」一九六〇年八月号に発表されたのち、岩淵五郎の手で『模写と鏡』に収められた。

徴用で得たこと失ったこと・学生の型が崩れるということ

隆明は、終戦後いったん就職したのち、「特別研究生」の試験に合格して東京工業大学に戻ったが、全二期の課程を一期でやめ、東洋インキ製造株式会社に入社している（拙著『吉本隆明の東京』）。研究者の道を選ばなかった理由、研究者になるとは何かについて、つとに「過去についての自註」で述べているが、魚津の徴用についてのインタビューで、別様の答えを得たので記録しておきたい。

「学校で授業とか講義とかを聴いて実験室で実験をやっても、そこから先、どういう具合にして製造会社でやっていくか。会社の製品にするにはどうしたらいいか。どう設計してどういう装置を作ってやっていけばよいかは、卒業して実際に会社に入ってからでないとやれないわけですよ。それが、徴用の仕事で、僕は出来るぞ、わかった、と言えるようになった。一丁前の技術者として出来る、ということです。その代わり、学生としての型は崩れているわけです。学生なら熱心にやっているはずのところで、〈ここんとこは適当でよい。ここはちゃんとやっておこう〉という、要領というかそんなものが出てくる。学生としての型が崩れてしまうのですから、学者になろうというのも、いくら学校に残っても、自分の経験上、知ってしまった、分かっちゃった、という感じで駄目なのですね」（二〇〇七年九月）。

「鼠の浄土」

近年、隆明が「称名ホテル」について語るとき、「いろり端には、ときどき鼠がちょろちょろ出てきて、うろうろと餌になるものをさがしている」「その鼠を追い払おうとせず、「すこしあっちへいっておいで」と鼠のほうへ声をかけ手で追うしぐさをする」（「ひとつの死」）というエピソードは、主人夫婦の人柄を語るものとしてだけでなく〈鼠の民俗伝承〉として語られる。最近の談話および「私だけの「世界遺産」」（「週刊文春」二〇〇八年八月七日号）のインタビューにも「それがまさに、柳田国男の「鼠の浄土」の世界で、感動したんです」と答えている（柳田國男「鼠

の浄土」、『海上の道』所収、岩波文庫版、一九七六年十月）。

岩淵五郎の海軍人事記録

栗田徳子の協力を得て厚生労働省社会援護局調査資料室から、「旧海軍から継承した人事記録」を入手することができた。

岩淵五郎
入籍番號　横志飛 21976 號　兵種　飛行兵曹　所管　横須賀鎮守府
入籍時　学力　商四在
　　職業　生徒
昭和 18.12.1
三重海軍航空隊入隊　海軍二等飛行兵ヲ命ズ　第13期甲種飛行豫科練習生
昭和 19.1.1　海軍一等飛行兵ヲ命ズ
　19.3.1　海軍上等飛行兵ヲ命ズ
　19.6.1　海軍飛行兵長ヲ命ズ
　19.11.1　卒業
　19.11.1　（19.11.25 入隊）

20.5.1　任海軍二等飛行兵曹
高知海軍航空隊
20.9.1　任海軍一等飛行兵曹
20.10.16　豫備役編入

これにより、岩淵五郎が終戦を高知航空隊で迎えたことの最終確認が出来た。「19.11.1（19.11.25入隊）」の入隊先が記入されていないことについては、他に同日付けで上海航空隊に入隊の記載がある例からみて、写真等が残っているなら、上海航空隊を経由というご家族の記憶が正しいのではないかとの係員の話であった。なお、終戦後の進級はいわゆる「ポツダム進級」であろう。

神田千代　短歌抄

岩淵五郎
「暮れ初むる千歳を発ちて帰へるさに己が飛行機を撮りて遺せり」
「端正な亡骸なれば監察医よきからだをと惜しみていひき」
「幾人の心に生きて在すならむ名もなき夫に手向ぶみくる」
「還らざりし旅にいでたつ前の夜に薦め遺しき『憂鬱なる党派』」
「真夏日の高校野球の楽しみを教へて逝きしひとの偲ばゆ」

引揚げ、夫・神田澄二

「引揚の吾子らいとしみ朝鮮の媼は泣きつつ炒り豆くれぬ」

「母の乳を知らで育ちし幼児はいまはの際に乳房欲りにき」

「高句麗の古都と今知るさまよひて子の骨埋めし輯安のまち」

「果てし日も月も分かねば生れ日を忌日となせり戦死の夫の」

「戦死せる夫を直情径行と著書にかかしき江戸川乱歩」（『芳摘庵詠草集』）

村上一郎

「一振りの太刀おかれたるみ柩に鎮まりいます自刃のひとは」

「すずかけの今年の芽吹き待たずして命みづから断ち給ひたる」

「非常持出しの袋に納めわが夫の手紙持つとふ便りたびにき」

仕事、暮らし

「娘の夫の作品集なりはなむけの祈りこめつつ校正をなす」

「校正を身すぎとなして幾年かあり経しからに目より老い初む」

「子と孫と十八人の集ひ果て茫とわがをり正月二日」

「朝の富士見ゆると聞けば病む人ら瑞兆のごとくベッド起ちゆく」（『染衣』）

「茶をやめて久しかれども侘の茶の道具を組みて今日は遊びつ」（『寒泉』）

（断りのないものはすべて『山の菓』より）

橋川文三と語った結婚観

橋川文三と列車のなかで語ったというこの「情況とはなにかⅥ」の冒頭部分は、橋川が次のように記す、談話・やり取りに該当するものであろうと思われる。「三年ほど前の七月、群馬大学の学生会だかに呼ばれて、日がえりの講演旅行に同行したときのことである。吉本は私の知るかぎり、流ちような語り手ではないが、そのときは、どういうものか、上野から前橋にいたる間、じゆんじゆんとしてよく語つた。それも政治や思想や文学のことではなく、ほとんど終始結婚論が主題であつた。何がきつかけでそういう話になつたのか忘れてしまつたが（略）いずれにせよ。吉本の結婚論は、生活者の歴史にがつしりと支えられた古典的なものであつたが、私には吉本の論として少しも意外には思えなかつた。」（橋川文三「吉本像断片」、「現代詩手帖」一九六二年五月号特集「吉本隆明の詩と現実」）

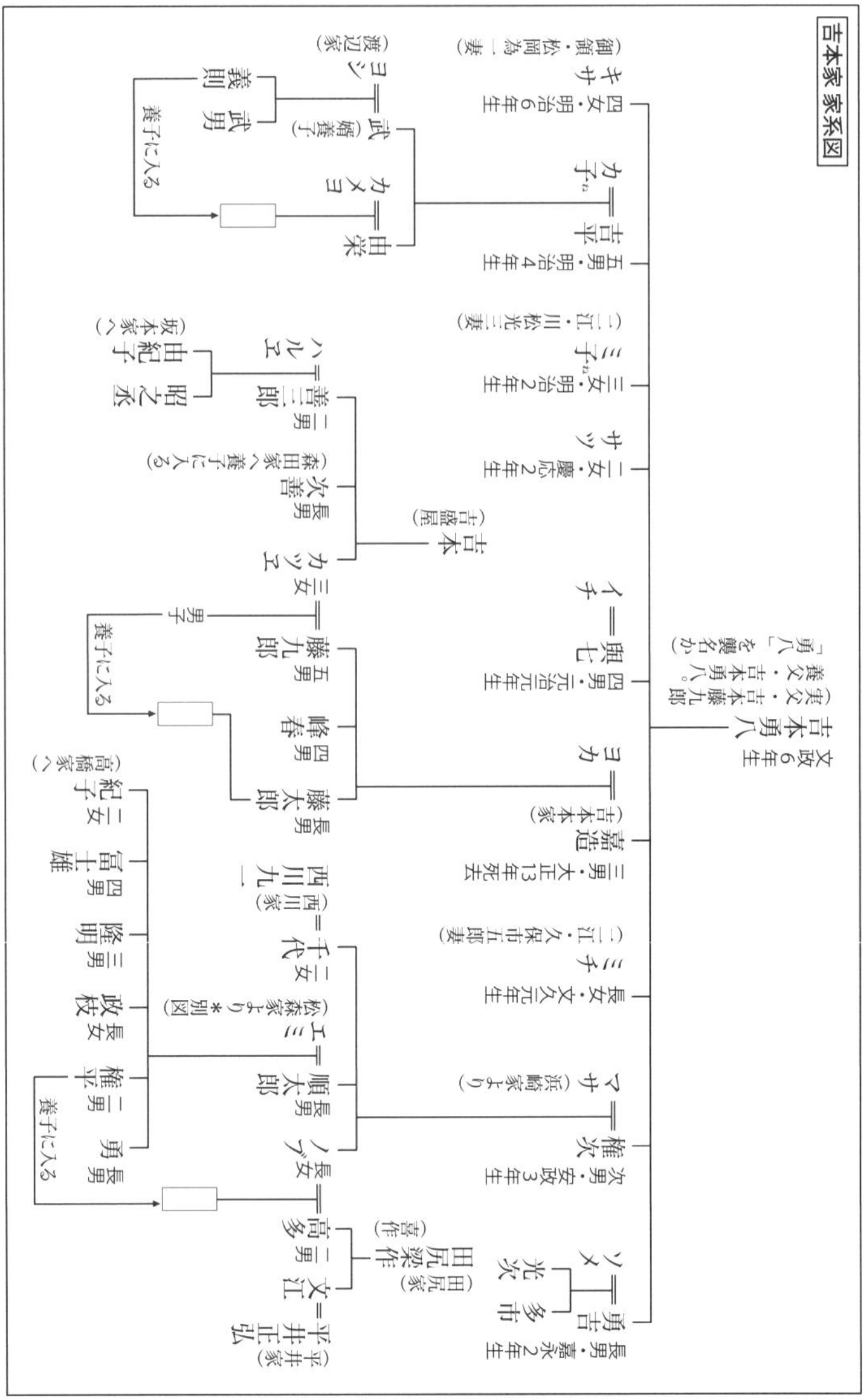
吉本家家系図
吉本勇八 文政6年生
（実父・吉本藤九郎 養父・吉本勇八。「勇八」を襲名か）
勇吉 長男・嘉永2年生
ソメ
多市
光次
権次 次男・安政3年生
マサ（浜崎家より）
ミチ 長女・文久元年生
（江・久保市五郎妻）
嘉造 三男・大正13年死去
（吉本本家）
ヨカ
與七 四男・元治元年生
イチ
サツ 二女・慶応2年生
ミチ子 三女・明治2年生
（江・川松光三妻）
吉平 五男・明治4年生
カメ子
キサ 四女・明治6年生
（御領・松岡為一妻）
平井正弘（平井家）
文江
高多 二男
田尻梁作（田尻家）
（喜作）
ノブ 長女
順太郎 長男
エミ（松森家より＊別図）
千代 二女
西川九一（西川家）
藤太郎 長男
峰春 四男
藤九郎 五男
男子
養子に入る
カツエ 三女
吉本（吉盛屋）
次男 善一（森田家へ養子に入る）
善三郎 三男
ハルエ
昭之丞
由紀子（坂本家へ）
由栄
カメヨ
武（婿養子）
ヨシ
（渡辺家）
武男
義則
養子に入る
勇 長男
権平 二男
養子に入る
政枝 長女
隆明 三男
富士雄 四男
紀子 二女（高橋家へ）

あとがき

前著『吉本隆明の東京』（作品社）が出たあと、何人かの人から、次は天草だろうと言われた。評論家の芹沢俊介氏は書評で「著者に残された課題は唯一、天草の住まいの様子を書き込むことだけである」と告げた。天草――できるかな、と思う一方で、私は、いつか自分がやるだろうと思っていた。天草は雑誌の連載となった。それに魚津・立山。書下ろしを加えて、本書、二冊目の吉本隆明の評伝がなった。

『吉本隆明の東京』から『吉本隆明の帰郷』へ。今回は、前回にも増して多くの方にご助力いただいた。このような仕事には、「地の利」がものをいう。前作『吉本隆明の東京』のときは、吉本さんが生まれ育った月島・佃島は勤務先から徒歩でも行け、戦中から戦後の十余年を過ごしたお家は同じ葛飾区内。のちのお住まいの谷中・田端・千駄木・駒込も決して遠くない。

それが一転、今回は、天草、富山、長野と遠隔の地に材料を求めねばならない。土地の人の協力なしでは何もできなかったろう。どの取材で誰にどんな助力を得たかはその都度記したが、書き記せない助力もある。富山県の取材でお世話になった魚津の若林忠嗣氏、天草の荒木健作、宮﨑國忠、平井建治の三氏。なかでも郷土史家・平井建治氏の存在は大きく、平井氏なしには天草の稿は成らなかったろうと思うほどだ。

武秀樹氏（当時「週刊読書人」）、井上智重氏（当時「熊本日日新聞」）にもお力添えを頂いた。自らを語ることのなかった〈岩淵五郎〉をこのような形で取り上げた。許してくださった神田有氏と栗田徳子様に心からの感謝を捧げたい。

天草篇の連載から書籍化まで一貫して力を尽くされ、本稿に日の目を見せてくださった、思潮社・亀岡大助氏に御礼を申し上げます。

*

初校を戻し、このあとがきを書き終えた朝に、吉本さんの訃報が届いた。吉本さんは、終始一貫、私の評伝の作業を支持してくれた。天草へ赴くときには地元の人へのメッセージを吹き込み、調査のために必要となれば紹介状を書き、時に取材すべき人を教示し、思い余って取材先から問い合わせの電話を入れると記憶の限りで答えてくれた。基本的に、本人の言うことが正しいとは限らないというのを出発点としているから、取材のあとの「結果報告」と「確認」が吉本さんの記憶と違うことも多々あった。にもかかわらず、間違いが正され、曖昧さが明瞭になり、知らないことが知られるようになることを良しとし、自身の評伝の成るのを積極的に認めるのはなぜなのか（前著の『吉本隆明の東京』の出版を奨めてくれたのも吉本さんだ）。決して情誼上のことではない、ご自身の考え方・生き方に従ってのことであるはずだ――と訃報に接して考えたことは別に書いたので、ここでは繰り返さない。

＊

代わりに、自分のことを述べるのを許してもらえるなら、では、私にとってこの作業とは何か。吉本隆明の文学・思想を深化させるのでもなく対峙して説を唱えるのでもなく、ましてや啓蒙的に普及を目指すのでもない。自分の考えというものの薄い、取材で知り得た材料と資料に埋まった文章――と思われるとき甦ってくるのは、またも吉本さんの言葉だ。「もっともっと引用してしまっていいのですよ」と言ったあと、吉本さんは、江藤淳の漱石に関する著作を例に出して石関の方法の意義を説いた。「試行」に掲載の論文「小林秀雄の晩年」は、小林秀雄晩年の未完のベルグソン論「感想」（当時はまだ単行本未収録）を論じたものだが、いま見ても引用文のなかに自分の文があるような具合だ。けれど、その方法しかなかった。解体しきった精神にはこの方法しかないということを、吉本さんは見通していたように思う。

＊

許されてご遺体に対面したとき、ふいにこみ上げてきたと思ったらもう涙が止まらない。日頃「涙ぐむ」ことは良くあるが、それがいかに甘美なものかを知った。本当に悲しくて泣く、ということを久しく忘れていたのだ。

＊

二〇一一年十二月二十八日。テレビをつけたまま吉本さんは午睡をしていた。起こしてしまったことを悔いながら、短い会話をした。その時の笑顔に、それまでのたくさんの笑顔が重なって、ずっと私の裡にある。

二〇一二年六月

石関善治郎

初出

父祖の地——天草へ　「現代詩手帖」二〇〇九年三月号〜八月号

魚津——敗戦の原点へ
　八月十五日の海　「週刊読書人」二〇〇八年八月八日号・二十二日号に加筆

立山——岩淵五郎を求めて　書き下ろし

もう一つの敗戦　書き下ろし

戦後を生きる　書き下ろし

石関善治郎（いしぜき・ぜんじろう）

一九四五年四月、茨城県ひたちなか市（旧・那珂湊市）生まれ。茨城県立水戸第一高校を経て、一九六八年三月、國學院大學文学部卒業。一九六八年四月〜六九年八月、國學院大學大学院文学研究科修士課程に在籍するとともに同大学に文学部副手として勤務。一九六九年十月〜七一年八月、財団法人NHKサービスセンターに勤務、「グラフNHK」の編集に携わる。一九七一年九月〜二〇〇六年四月、株式会社マガジンハウスに勤務。「週刊平凡」「クロワッサン」編集部を経て、一九八五年三月〜一九九八年五月の間に「鳩よ！」「自由時間」「楽」「書籍出版部」ほかの編集長を務める。論考「小林秀雄の晩年」（「試行」六五・六六号）、「太宰治初期文学態度の一検討」（『太宰治Ⅰ』有精堂所収）のほか、著書に詩集『パレード』（沖積舎）、『吉本隆明の東京』（作品社）、『われらの六〇年代文化』（共著・現代演劇担当、ネット武蔵野）、『吉本隆明に関する12章』（共著、洋泉社）。二〇〇九年七月〜一〇年六月、「熊本日日新聞」に週一回のコラム「私の見た光景」を連載。二〇一二年五月、「現代詩手帖」（「追悼総頁特集吉本隆明」）に「「過去についての自註」まで——年譜考」を書く。

吉本《よしもと》隆明《たかあき》の帰郷《ききょう》

著者
石関善治郎《いしぜきぜんじろう》

発行者
小田久郎

発行所
株式会社 思潮社

〒一六二―〇八四二　東京都新宿区市谷砂土原町三―十五
電話〇三（三二六七）八一五三（営業）・八一四一（編集）
FAX〇三（三二六七）八一四二

印刷所
三報社印刷株式会社

製本所
小高製本工業株式会社

発行日
二〇一二年八月二十五日第一刷　二〇一三年二月二十五日第二刷